Obras de Mário de Carvalho

Novelas Extravagantes

Mário de Carvalho

NOVELAS EXTRAVAGANTES
Mário de Carvalho

Publicado por
Porto Editora
Divisão Editorial Literária – Lisboa
E-mail: dellisboa@portoeditora.pt

© 2015, Mário de Carvalho e Porto Editora

1.ª edição na Porto Editora: Junho de 2015
Esta obra engloba o livro *Quatrocentos Mil Sestércios seguido de O Conde Jano*, que teve 2 edições anteriores, a 1.ª em Abril de 1991, e o livro *Apuros de Um Pessimista em Fuga*, que teve a sua 1.ª edição em Março de 1999

Reservados todos os direitos. Esta publicação não pode ser reproduzida, nem transmitida, no todo ou em parte, por qualquer processo electrónico, mecânico, fotocópia, gravação ou outros, sem prévia autorização escrita da Editora.

Por vontade expressa do autor, a presente obra não segue as regras do Acordo Ortográfico da Língua Portuguesa.

Rua da Restauração, 365
4099-023 Porto Portugal
www.**portoeditora**.pt

Execução gráfica **Bloco Gráfico, Lda.**
Unidade Industrial da Maia.

DEP. LEGAL 392828/15
ISBN 978-972-0-04750-2

A **cópia ilegal** viola os direitos dos autores.
Os prejudicados somos todos nós.

Índice

Quatrocentos mil sestércios   7

O conde Jano   95

Apuros de um pessimista em fuga   151

Quatrocentos mil sestércios

Poderia ter passado aqueles dias em perfeito sossego sem dar azo à Fortuna a que se intrometesse comigo. Qualquer coisa, qualquer vento inopinado, qualquer espírito rebarbativo fez com que desabassem sobre mim — quieto e sossegado que gostaria de ser — trabalhos semelhantes aos de Hércules, se tomarmos em conta a desproporção das forças.

Foi à última hora que meu pai me comunicou que ia partir, por uns dias, para Olisipo por causa de uma demanda sobre uma remessa de trigo avariado. Nunca percebi se, na pendência, ele fazia de Autor ou de Réu e fui, certamente, o último da casa a saber a notícia. Mesmo depois dos escravos, mesmo depois da infame Lícia...

Eu reparei nos preparativos: vi o Jálio a olear a lança, vi o Clíton a amontoar bagagens, tropecei num molho de gládios a um canto... Mas, francamente, nunca chegava a penates suficientemente cedo ou suficientemente sóbrio para ter oportunidade de ouvir explicações. Também estava acostumado a dar pouca importância ao que ia lá por casa...

Na véspera da partida, meu pai acordou-me brutalmente

ao nascer do Sol. Abriu as portadas de par em par, com estrondo, e proclamou:

— Começou o dia.

— O meu dia é particular, começa mais tarde — respondi eu, tapando-me o mais possível.

O meu pai sentou-se no leito e pigarreou. Percebi que não tinha outro remédio senão ouvi-lo e encarei-o, toscanejando e mal-humorado.

— Estás a preparar-te para envelhecer cedo, não é, filho? — suspirou, passou a mão pela cara, já escanhoada, numa preocupação dorida, enquanto eu pensava. «O que é que eu teria feito, o que é que eu teria feito desta vez?»

Podia estar tranquilo. O pai não desconfiava de nada sobre o roubo da coroa de louros da estátua do imperador. Nem da assuada à porta do...

— Escuta, meu imbecil — disse-me ele, fazendo ostensivamente um grande esforço para falar com clareza e ignorando o meu ar amuado, de braços cruzados. — Tenho de ir a Olisipo. Uma demanda sobre... enfim... assuntos demasiado complicados para a tua pobre cabeça. Apesar de seres o pateta que és, corréccio e bêbedo, julgo meu dever avisar-te, prevenindo os percalços que uma viagem destas sempre implica, de que Lentúlio me deve quatrocentos mil sestércios, já contados os juros e os juros de juros.

— O magarefe?

— O magarefe! A dívida vence-se depois de amanhã. Eu não posso ficar mais tempo, porque tenho de me apresentar no pretório de Olisipo nos próximos cinco dias, nem tenciono nomear procuradores, porque me levam os olhos da cara e não há necessidade disso, estando cá tu...

— Porque é que não mandas um escravo?

— Um escravo? Cobrar quatrocentos mil sestércios? Mas que ofensas terei eu cometido aos deuses para ter um filho tão parvo?

— O Clíton é de confiança...

— Marco, meu filho, prova viva das imperfeições do universo, escuta: se o Lentúlio vê um escravo na frente a pedir-lhe dinheiro é muito provável que o corra à paulada. Mais provável é que faça tal escândalo que amanhã toda a Salácia saberá que eu mando cobrar as dívidas por escravos. Ainda me processam. Seguramente aproveitará para não me pagar a tempo... Serão estes raciocínios tão subtis que tu, mesmo atendendo às circunstâncias que te são inerentes, não consigas percebê-los? Aliás, o Clíton vai comigo.

Só o respeito filial me impediu de fazer observações sobre o que levava um homem como o meu pai a ter negócios com o trafulha do Lentúlio. Não me parecia grande sinal de lucidez, mas conformei-me.

— Quando é que se vence a dívida?

— À meia-noite de terça-feira. Quero-te em casa do Lentúlio à hora terceira, antes que ele comece a despachar os ranhosos dos clientes dele. E de toga!

— À hora terceira? De toga, eu?

— De toga!

O meu pai estava a ser peremptório. Eu nunca na vida me mostrei muito obediente, mas tive de perceber, pela entonação da voz, que aquilo da toga era importante. Onde teria eu metido a toga? Bom, a Lícia que soubesse, e que me desenvencilhasse, como era sua obrigação... Havia de haver uma arca qualquer...

Ao pai, então, deu-lhe para o sentimentalismo.

— Como os nossos estilos de vida são inteiramente diferentes, estou em crer que não vamos ver-nos até ao meu regresso de Olisipo. Oxalá, filho, tudo nos corra bem. Fiz já os competentes sacrifícios, os auspícios são favoráveis, assim os deuses não sejam entretanto ofendidos.

— Levas os escravos todos? — perguntei eu.

— Os que forem necessários — respondeu meu pai surpreendido.

— Hum — disse eu.

— Bom — disse o meu pai.

— Boa ventura, pai — volvi eu. Deixei que ele me beijasse suavemente (raro acesso de ternura) e volvi às conversações com Morfeu. Aliás, acho que Morfeu faltou à conferência porque não me lembro de nada do que se passou no resto do sono.

Acordei com a desdentada da Lícia à ombreira, fazendo-me negaças. Devíamos estar já a meio do dia, hora sétima, ou coisa assim...

— Que queres de mim, puta velha?

Fugiu, às casquinadas, deixando a cortina entreaberta. Desde miúdo que Lícia passa a vida a provocar-me. Teve sorte, nos primeiros tempos, quando o meu pai a comprou e eu ainda andava de pretexta. Mas, agora, os oferecimentos de Lícia pareciam-me pura e simplesmente obscenos. Pensei em mandar chicoteá-la, com uma disciplina de nove rabos. Não, dar-lhe chibatadas, não, que exagero! Sugeriria antes ao meu pai que a mandasse para o campo. Também não. Se sugerisse alguma coisa ao meu pai, ele havia de fazer precisamente o contrário. Se calhar libertava-a. Também, não viria daí nenhum mal ao mundo... Ora! Esqueçamos Lícia...

Ia eu, com o estômago cheio de leite e figos, pela via Aurélia abaixo, que de via não tem nada e é antes uma ladeira emporcalhada e íngreme — manias das grandezas de Salácia (e nem queiram saber o fórum mesquinho que isto tem), quando me ocorreu aproveitar a ausência do pai para dar um banquete. E foi congeminando neste e noutros particulares que cheguei à taberna da Vénus Calipígia, dirigida por um benemérito púnico e vesgo chamado Víscon que, por acaso, até engraçava comigo. Ou fingia. Sabem como são os púnicos...

Foi Víscon quem me dissuadiu. Ouvira a minha proposta, enquanto cirandava entre mesas, transportando petiscos fumegantes e dirigiu-se-me, com solenidade:

— Ó jovem, sabes bem como aprecio as tuas palavras e a tua companhia. Dia em que não venhas ao meu estabelecimento é dia de sol fosco e neblina cinzenta, por mais que digam que o astro brilha e que os ares estão claros. Mas presta atenção a quem tem experiência da vida. Se dás um banquete quando o páter-famílias estiver fora toda Salácia o saberá. E os antigos militares, cheios de más intenções, irão contá-lo ao teu progenitor, que não terá outro remédio senão castigar-te com severidade.

— Que é que o meu pai pode fazer? Não me pode mandar chicotear, não me pode mandar vender... Eu sou um cidadão romano.

— Pode expulsar-te de casa — observou um dos meus companheiros.

— Seria desagradável — concedi eu.

— Pior — segredou-me Víscon, dobrando-se para junto de mim e limpando as mãos ao imundo avental de couro. — Pode deserdar-te!

— E isso seria mau para todos. Para ti e... para nós...

— Aí está! — concluiu Víscon, triunfal. — Pensa também nos teus amigos, porque a amizade é...

— Caluda, fenício piolhoso — atalhei eu, antes que Víscon entrasse em complicadas e demoradas metáforas orientais —, eu sei muito bem o que faço!

Mas desisti do banquete.

Quando, nessa madrugada, cheguei perto de casa, estavam o meu pai e sua comitiva prestes a sair. Havia lucernas acesas, à porta estava parado o carro de toldo, o vozear dos escravos enchia a rua toda, clientes entregavam petições e dádivas. Não era muito da minha conveniência mostrar-me naquela altura, tanto mais que Víscon desencantara, já noite alta, um certo vinho estrangeiro tão suave que dispensava misturas e que fazia com que metade de mim estivesse pairando no país das divagações. A outra metade, que, aliás, tinha alguma dificuldade de compatibilização com as pedras da calçada, armou o bom senso necessário a que eu me sentasse num poial e me limitasse a espreitar da esquina. Apenas dei conta de que o cortejo era grande e que o meu pai levava consigo praticamente todos os escravos de casa. Até o tonsor. Como é que eu iria fazer a barba?

A velha Lícia apareceu-me, ovante, no quarto, muito cedo ainda, com uma bacia de água e uma velha lâmina de bronze, talvez mais velha e esboqueirada que ela própria. Naquele meu semiatordoamento, deixei que me fizesse a barba e lamentei não ter ido à rua, a um tonsor público. Que tormentos, que horrendos gilvazes, que atrevidas acometidas da Lícia, deixando deslizar as mãos para áreas que não são permitidas aos tonsores, para mais munidos de navalha de bronze. Bem na insultava eu e esperneava. Lícia sorria, desdentadamente, e, zás, golpe de navalha aqui, golpe de mão mais abaixo, e eu a pensar se os deuses não teriam partido todos com o meu pai, desacompanhando-me e abandonando-me nas mãos da megera.

Devo ter aparecido com a cara num triste estado na leitura pública da tragédia de Cleto, obrigação social a que não pude furtar-me. Felizmente, o auditório era escuro, e Cleto tinha que torcer estranhamente a cabeça, expondo o manuscrito (interminável manuscrito) à luz embaciada que vinha duma fresta. Não se poderia esperar melhor de um lagar de azeite em que dois libertos ardilosos tinham disposto umas bancadas razoavelmente instáveis, cujo desconforto era cúmplice dos anfitriões, e que alugavam aos criadores literários, seguramente metade da gente livre de Salácia.

Ainda assim cabeceei: a malvada da Lícia tinha-me acordado cedo de mais e Morfeu exigia-me ali o pagamento do tributo. Cleto discorria, com o manuscrito numa mão, o corpo torcido, largos gestos do braço livre, envolto numa toga de pregas, cuja brancura denunciava o tratamento recente de urinas velhas, sobre Medeia, abrasada pelo remorso, que vinha ter a Olisipo e acabava por ser submetida a julgamento — vá-se lá saber com que competência, dado o conhecimento que eu tenho deles — pelos anciãos de Salácia.

Três horas nisto. Depois, um primo de Cleto, com um nome grego que mal recordo, leu umas alegações que tinha produzido no tribunal. Excelente, burilada, comovente defesa! Ou seria acusação? Quando acordei, felicitei-o profusamente, como todos. Acho que era sobre um pescador que tinha penhorado o barco, com a condição de... enfim, um tema interessantíssimo. Cheguei tarde às termas, não encontrei os companheiros: Leituras públicas não era com eles. Tinham ido caçar de noite, com archotes. Não se dignaram a esperar por mim, ou a mandar-me recados. Cambada de egoístas. Oxalá topassem com a ursa Tribunda, gigantesca e feroz, o grande terror dos campos do Calipo, e fossem corridos à patada. Atardei-me nas termas, deixei-me massajar, aturei um velho liberto que, rodeado de escravos, brincava com um balão de bexiga de porco e vim para casa. No dia seguinte, cabia-me a grande cobrança. Tremenda responsabilidade! Onde teria eu a minha toga?

Maldita Lícia que veio pelo meio da noite meter-se-me na cama... O que me valeu é que, desta vez, não estava bêbedo. Enxotei-a, aos berros, e garanti que a mandava vender se não me apresentasse a toga. Creio que ela me amaldiçoou, da soleira, lá na língua dela, mas, no outro dia, madrugadíssimo, lá estava uma toga (do meu pai, obviamente) dobrada sobre um escabelo, no átrio.

Então, quatrocentos mil sestércios do Lentúlio Magarefe, hã? Fôssemos a isso. A sorte favorece os audazes! Era só descer a ladeira e... e o pior foram os cães. Lentúlio tinha dois molossos que circulavam à noite pela propriedade e que só eram presos de dia, quando os escravos se lembravam. Com a morte na alma, vi-me encurralado contra um muro, enquanto os mastins rosnavam e se aproximavam, ameaçadores, à espera de um gesto em falso para me fazerem em pedaços. Muito calmamente, embora os dentes me tremessem como carqueja ao vento, tentei dizer umas coisas aos animais. Sempre ouvi que os cães de guarda se acalmam quando lhes falam suavemente, de maneira que desenrolei as duas primeiras estrofes da *Eneida*, antes que o filho do dono da casa me viesse salvar, mostrando-se mais eficaz a poder de pontapés que Virgílio a poder de palavras aladas.

Lentúlio recebeu-me com amabilidade, recostado sob uma pérgula de que se avistava a curva do Calipo e paisagens além, pelos horizontes fora. Vestia uma túnica comprida, cor de açafrão, debruada a pérola, que lhe dava um certo ar de matrona melada. Mandou servir manjares e manifestou uma familiaridade efusiva. Que não sei quê, que tinha servido com o meu pai não sei onde, o saque não sei de que cidade, e as patuscadas não sei em casa de que diabo... Competia-me, filialmente, ouvir e sorrir.

Chegada a minha vez de falar, ainda com o esquisito sabor daqueles bolos amarelos na boca, fui pouco eloquente, mas consegui dar a entender ao que vinha. Lentúlio fez um largo gesto de solenidade, como se não tivesse percebido logo pela toga (se calhar tinha-me avistado de longe e mandado soltar os cães), e surpreendeu-me, dizendo:

— Trazes mandato, decerto.

Recompus-me depressa.

— Trago mandato, mas não escrito. Sabes que o meu pai confia em mim. Aliás, encarregou-me de te dizer que, se pões a dívida em causa, te manda citar em Olisipo ou Pax Julia, com as incomodidades daí resultantes...

Os grandes olhos de peixe de Lentúlio circularam em volta, enquanto pensava. Depois, pousou-me a mão no braço e disse:

— Certamente! E eu conheço-te bem. Andei contigo ao colo, ainda tua mãe era viva. Não irias com certeza enganar-me...

E bateu as palmas, chamando pelo intendente.

— Passas-me um recibo? — perguntava-me uma hora depois, após eu ter conferido os montes de denários e sestércios que o intendente tinha trazido, em dois sacos de couro.

— Sem dúvida!

— Com testemunhas?

— Mas seguramente. Traz as tábuas...

— E fazes um juramento?

— Todos os juramentos que quiseres...

Lentúlio mandou chamar o filho, a matrona e o intendente (havia de valer muito o testemunho, ainda que ajuramentado, de dois familiares e um escravo!), partiu uma ânfora e estendeu-me um caco. Não usava tabuinhas de cera!, escrevia em cacos, o poderoso Lentúlio. No poupar é que está o ganho...

— Ora escreve aí: «Recebi de Lentúlio Sacro Samnone a quantia de... de que dou quitação... etc... Sejam testemunhos os deuses, mais os que aqui assinam.» Aplicadamente, assinaram todos menos eu. Sempre queria ver qual o valor jurídico daquele caco se tivesse de ser apreciado em juízo... Quanto ao juramento, repeti, de mão alçada, a lengalenga solene, um tanto cómica, que Lentúlio entendeu ditar.

E, pelo meio da manhã, cansado de conversa e do peso dos dois sacos de moedas que levava comigo, eu tive algum medo. Não pela falta de companhia, mas pelo excesso dela. Lentúlio mandara-me acompanhar a casa por dois negros de grossa musculatura e ar patibular, pouco versados no latim, que eu a cada esquina suspeitava me iam espancar e roubar o dinheiro.

Mas não. As ruas estavam movimentadas, e eles deixaram-me perto de minha casa de braços cruzados sobre as peitaças luzidias, numa grande atitude de gladiadores de província.

Pôs-se-me logo uma questão angustiante: onde guardar o dinheiro? Estava praticamente sozinho, descontando a tonta da Lícia e um palafreneiro coxo e, além disso, extremamente pateta. Como poderia resistir, se fosse assaltado? Ainda por cima, o meu pai tinha levado consigo todas as armas capazes de impressionar... Lá desencantei um dardo e um gládio enferrujados, relíquias de tempos vetustos, demasiado pesados para as minhas forças débeis. Já Lícia me seguia os passos, basto curiosa, defeito que se segue logo ao da lubricidade na pesada escala que os deuses lhe destinaram.

Uma laje solta no átrio? Atrás dos manes? Dentro do implúvio? Melhor seria no meu quarto, debaixo do leito, não fosse Lícia descobrir e conluiar-se com o palafreneiro. Toda a gente sabe que os escravos — exceptuando Clíton — não são bons de fiar, e eu não via Lícia capaz de recusar uma bela aventura com quatrocentos mil sestércios na mão, nem o palafreneiro capaz de resistir aos encantos de Lícia. Mas onde é que o meu pai esconderia habitualmente o dinheiro? Podia-me ter dito. Guardava-se para a hora da morte? Mas o caminho terrestre para Olisipo é perigoso. Se ele sofresse um percalço teria eu de demolir a casa toda para descobrir a minha herança? Tão imprevidente, o meu pai, afinal... Uma viagem daquelas e não deixou instruções... Nem fez testamento...

Com os sacos debaixo da cama, o dardo e o gládio à mão, fiquei todo o resto do dia a ler, tristemente, no quarto. Não havia muitos rolos na biblioteca da casa (os velhos militares não costumam ser muito dados a leituras) e os que havia eram fracos: no mais, trapalhadas astrológicas e de adivinhação. Ataquei, uma vez mais, o *Édipo em Colona*, em péssima cópia, de papiros mal prensados. Boa coisa! Por que diabo é que o Cleto não nos recitaria uma boa tragédia antes de se abalançar a impingir-nos aquela da Medeia em Salácia?

— Não sais daí durante todo o dia? Não queres que te limpe o quarto? Nem queres mesmo nada? De verdade? — Era Lícia, assomando-me à porta. Coitada, devia ter previsto grandes festins na ausência do meu pai. Reparei que tinha tingido os lábios e procurado disfarçar as rugas com uma pomada fenícia ordinária, açafroada.

— Arreda, bruxa!

Que figura que eu estava a fazer, ali, assentado, a guardar o dinheiro e as armas, a enxotar escravas devassas... Iria continuar assim pelo resto da ausência do meu pai, dez ou doze dias, a desperdiçar uma juventude preciosa? A vigilar, eu que nunca fui soldado? Porque é que o meu pai não haveria de interpelar o Lentúlio depois do regresso? Teria previsto este efeito, e congeminado uma maneira ardilosa de me reter em casa?

Eu em casa! Eu a ler! Senti imensa piedade de mim. Pena que não pudesse abraçar-me a mim próprio e chorar ao meu ombro. Começava, entretanto, a cair a noite, cães uivavam — talvez os horrendos molossos do Lentúlio —, e nem os passos ferrados das cáligas da patrulha me tranquilizaram. Dava-me a impressão de que, debaixo da minha cama, as moedas se entrechocavam nos sacos de couro, denunciando a sua presença e reclamando lubricamente o assédio de salteadores. A lucerna de azeite ainda dava ao meu quarto um aspecto mais horrendo que a escuridão, com aquele fumo retorcido das impurezas a enegrecer o tecto, e as sombras indefinidas a saltear de tamanho e de forma.

Voltou a patrulha, numa marcha já descompassada que correspondia à primeira passagem pela taberna do Scrofio. À terceira ronda estariam ainda mais bêbedos e, como de costume, perder-se-iam uns dos outros ou desabariam a dormitar pelos portais. E aí estava eu, cidadão indignado, a clamar pela ordem pública que, nos mais dos dias, preferiria ausente e discreta...

Atormentavam-me remorsos: é certo que não tinha tido a ideia de sacrificar pardalitos fritos no altar de Endovélico (devoção quase fanática de meu pai, mesmo mais forte que a de Iupiter Optimus Maximus), mas a verdade é que nada fiz para impedir que os meus amigos se dessem àquela patuscada em solo sacro. Também daquela vez em que não deixaram dormir o sacerdote do imperador, uivando ao pé do templo, eu estava lá. É certo que fui dos que menos uivavam e quis vir embora mais cedo, mas preferia não ter agora contra mim a ira dum imperador divinizado... sabe-se lá o que poderá fazer um falecido césar desinquietado e furibundo?

Assim congeminava eu, de Cila para Caríbdis, oscilando a minha insónia entre o aborrecimento e o terror, qual mais nefasto, quando ouço lá fora o chiar dumas rodas e grande alarido. Alguém batia à minha porta. Seriam aqueles sidónios mal--encarados, ancorados no rio, que vinham fazer pilhagens pelas casas? Seriam os bandos de salteadores locais, mais ferozes que a ursa Tribunda, mais perversos que Procusta?

Boa nova não cantaria, àquela hora. E ouvi as trancas, rangentes, a serem levantadas e, depois, a voz de Lícia, esganiçada e alteada. Teria Lícia aberto a porta aos gatunos, a traidora?

Quis gritar, mas até um homem apavorado como eu, naquele transe, não deixa de ter o seu senso do ridículo. Pois bem, reagiria, bater-me-ia pelos sestércios. Ou, então, entregá-los-ia logo e talvez me poupassem a vida. Caso a ver, nos próximos instantes...

Que gralhada era aquela que persistia em tons agudos? Eu não distinguia nada. Ia avançando pelo átrio deserto com a mão bem firme no punho do gládio, cuja ponta triangular tremia, tremia, em frente dos meus olhos. Como haveria de fazer? Espetava? Acutilava? Sarilhava-o nos ares? Deuses, o que é que um civil — ainda que filho de centurião — pode fazer com um maldito gládio?

— Rua, galfarros! Deixem o meu jovem amo descansar... Não se atrevam a passar dessa soleira... — Era a voz de Lícia, em gritos agudos.

Hum, Lícia a defender-me? Risos e vozes:

— Se não sais da frente, escrava, vais de reboleta até ao rio a poder de pontapé! Andor! Andor!

O meu aparecimento, saído da sombra, de olhos esbugalhados e de gládio alçado, agora agarrado nas duas mãos, causou certa estupefacção entre os vultos que se movimentavam à porta. Pausa. Lícia, pela primeira vez em vinte anos, olhou para mim com algum respeito. Bruxuleavam archotes, mas eu tardei a vê-los, mais encandeado pela minha confusão que pela luz deles.

Depois estralejaram as gargalhadas. Os meus amigos baixaram os mantos e romperam em grandes efusões, troçando de me verem naquele preparo de espada tremelicante nas mãos. Afinal, não me tinham abandonado. Traziam coelhos, um porco-montês, tordos e algumas ânforas.

— Não... não posso sair — disse eu timidamente, olhando já guloso para as vitualhas...

— Manda abrir o triclínio, que deve estar cheio de pó e teias de aranha, e a escrava que se prepare para cozinhar pela noite dentro!

— O quê? Ela, a Lícia? — O meu riso deve ter sido bastante desanimador, porque todos ficaram silenciosos a olhar para mim.

— Bem... compreendo... — disse Crispino, desprezivo e gelado. — Então teremos de ir para a taberna do Víscon. Há agora um garum recebidinho de Cetóbriga que parece sobejo dos festins de César... E aquele vinho puríssimo... Coitado de ti... Logo hoje, não poderes acompanhar-nos... Pobre Marco...

Eu não queria, nem por nada, que os meus amigos se fossem embora. Era como se tivesse rompido de repente o sol, naquela casa sombria e funérea. Que fossem buscar o Víscon, sugeri a medo, que o arrancassem da taberna, que o trouxessem para cozinhar, já que a minha infame escrava nem capaz era de cozer uma tainha...

— Pagas-lhe o prejuízo? — perguntaram. — Pensas que um púnico ganancioso vem para tua casa fazer-te um serviço sem que lhe compenses os lucros emergentes e os danos cessantes?

— É caso para ver... — disse eu entredentes.

E eis que o grupo se abriu em duas alas e todos trombetearam com as mãos e os narizes, deixando espaço ao gordo Víscon, que trazia sobraçada uma avantajada ânfora.

— Aqui tens quem não se esquece de ti, nem te deixa embaciar o espírito na solidão, ó Marco. — E não percebi se Víscon se referia a ele próprio, ao vinho, ou ao grupo...

— Ao triclínio! Ao triclínio! — Tive de acalmar os meus amigos que, ali à porta, desinquietavam a rua. Já pressentia os vizinhos a revolverem-se nos leitos e a amaldiçoarem-nos, com promessas de queixas e recriminações a meu pai quando ele regressasse. Pois que entrassem, se acomodassem, e depressa. Respeito pelo sono dos justos!

Não deixava de ser curioso que o Víscon, que me tinha desaconselhado o banquete, aparecesse agora, a acenar com lambarices... Mas, enfim... Viva a folia e a amizade, que somos rapazes novos e os deuses ainda nos consentem tudo. Porque não havia um fenício de mudar de opinião, se são tão hábeis a mudar de palavra?

— Eh, Marco, chega aqui, vem ver!

Promptínio puxou-me por um braço, enquanto os outros, com Lícia à frente, sempre a resmungar, tomavam conta do átrio, e levou-me até à porta. Escuro cerrado, lá fora. Eu quase não via nada.

— Ali!

Ouvi o resfolego asmático de um cavalo e, ajudando-me do tacto, distingui, parada à minha porta, uma biga.

— Mas vem ver! — insistia Promptínio.

Era uma biga a que faltava cavalo e meio e que descaía para um lado por isso mesmo. Digo cavalo e meio porque a pileca que lhe haviam atrelado, curvada, com o focinho ao rés da calçada, decerto lazarenta, não valeria mais que meio cavalo,

a avaliar pelo porte abatido e por aquele ruído sibilado que lhe emergia das entranhas, de cada vez que respirava.
— Hem? — gabava-se Promptínio.
— Pois, uma magnífica biga. Onde é que a arranjaste?
— Ganhei-a! A um militar!
Não a um dos amigos de meu pai, hem? Não, senhor! Era um fulano que tinha perdido um braço numa refrega com os mouros, estava agora em marcha para o Norte e insistira em trocar um escravo e a biga por um carro de toldo, que lhe dava mais jeito e não sei quê, e não sei quê...
— Mas não disseste que a ganhaste? — perguntei eu, desconfiado.
— Então, não foi um ganho? — respondeu-me Promptínio rindo, com o mesmo ar trapalhão que eu sempre lhe conheci e logo fazia desistir de averiguações mais pormenorizadas fosse sobre que fosse. Mas já nos chamavam lá de dentro. Os meus amigos instalavam-se no triclínio, que tresandava a mofo do pouco uso e do ranço do azeite de iluminação, e clamavam por Víscon, que se tinha apoderado da cozinha, de Lícia e do escravo palafreneiro e fazia andar tudo num virote, entre uma fumarada espessa, a poder de insultos e pragas.

O vinho corria e contaram-se histórias que vos poupo, sabendo que não têm o mais pequeno interesse para o desenvolvimento desta. Promptínio conhecia todas as feiticeiras de Salácia e arredores e respectivos poderes, e Túlio Galático jurava ter-se encontrado uma vez numa encruzilhada com o deus Mercúrio, que de um momento para o outro se havia desvanecido no ar, porventura levado — comentei eu — pelos vapores dos álcoois espirituosos.

E, assim, alegre e chistosa, ia transcorrendo a noite, bem comida e não menos mal bebida. Qual mais falava, qual mais ria... Ó Baco, Baco, divino Baco, que malfeitor és tu que sabes enredar as almas no mais vaporoso e solerte dos paraísos para depois as arremessares, com brutalidade insana, nos Tártaros mais sombrios. Que perversão, a de prenunciares as desgraças com os transportes de alegria dos espíritos soltos e desprevenidos. Para isso existes? Ó Júpiter, Júpiter Optimus Maximus, mandador supremo de meu pai e de todos os soldados, porque deixas que Baco nos faça isto? Os humanos já são tão pequenos, tão sujeitos às iras e indisposições dos deuses... Para que hão-de ser enganados com alegrias provisórias e condenadas?

Assomou à porta a figura rotunda e não muito limpa de Víscon, esfregando as mãos num avental ainda pior que a figura.

— Vou andando!

Houve protestos. Todos queriam que Víscon se juntasse à nossa pequena orgia e cantasse canções da terra dele. Que não! Queria abrir a tenda cedo e tinha como princípio nunca confraternizar com os clientes.

— Vais ver, Víscon, como vamos dizer mal de ti...

— Ah, sim? Quanto é que isso me custa? — E mudando de tom: — Marco, está tudo pronto. Sendo preciso mandas a velhaca da tua escrava aquecer. Depois fazemos contas. E agora vou-me! Um bom resto de noite. O quê? Beber, eu? Nem pensem!

E foi logo depois da saída de Víscon, ainda mal se tinham desvanecido os seus passos na calçada, que Promptínio sacou dos dados que trazia escondidos na dobra da túnica. Nada disse, não fez nenhuma proposta, mas limitou-se a manejar os cubos, expeditamente, ora recolhendo-os na mão peluda, ora espalhando-os, com estrondo, na mesita contígua ao leito.

— Estão proibidos os jogos de dados... — avancei eu, com timidez.

— Ora, há tanta coisa proibida... — respondeu Promptínio.

— Não conheces aqueles versos...?

— Mentalidade de tropa — pontificava Calisto. — O Marco herdou as restrições castrenses do sangue paterno. Estamos entre amigos, civis, impenitentes e orgulhosos de o serem. Isto não é a VII Legião Gemina!

— Felizmente.

— Praza aos Deuses!

E Promptínio levantou a taça, cheia de vinho fervilhante.

Quem nos tinha coroado de flores? Uma rosa, subtilmente entrelaçada com folhas de parra, fazia-me cócegas no lóbulo da orelha. Curioso: alguém tinha distribuído coroas de flores, e eu reclinado à mesa, florido e feliz, não tinha dado por nada. Ah, Baco, Baco...

Os dados rodopiavam, rodopiava a minha pobre cabeça, cruzavam-se no ar abafado as taças de vinho, e o estralejar dos dados na mesa parecia sublinhar os rompantes de alegria com os avisos do destino. Do início do jogo, pouco me lembra. Deve--se ter começado por miuçalhas, como de ordinário. Ocorre--me é muito nítida a voz de Promptínio, insinuante e tentadora, a dizer, magoadamente:

— Sou castigado por ser homem pouco pio e arredio dos altares. Cumpra-se o meu fadário! E, se continuar a perder, que perca a coisa que mais prezo na vida. Ergo a minha taça em desafio. Aposto a minha biga...

Vozes estalaram, em volta, a dissuadir:

— Não, Promptínio, não exageremos... A tua biga nova...

— A minha biga! — insistia Promptínio, olhando para mim já muito sério e com os olhos raiados de sangue. — Tu gostaste da minha biga, não é verdade, Marco? Estava escuro, mas eu percebi como a apreciavas! Eu jogo a minha biga...

— Vamos — conformavam-se todos. — Vamos ganhar a biga do Promptínio!

E vá de me encherem, uma vez mais, a taça de vinho.

Meus amigos, para quê contar-vos o que já adivinhastes, vós, que não tendes o espírito toldado pelos passes de Baco e que, tranquilos, me ledes à sombra de uma faia, enquanto ao longe o pegureiro vigia ternamente o seu rebanho e uma brisa suave e perfumada varre as vossas terras úberes? Assim devera eu estar, em comunhão com os simples deuses agrários, cultivando-me e cultivando a minha mediania dourada, sob o pipilar dos pássaros, em vez de repoltreado num triclínio escuro, passado de bêbedo, a balbuciar incoerências, a rir de facécias patetas, a apostar desvairadamente e a esquecer-me dos quatrocentos mil sestércios que lá jaziam, indefesos, em dois sacos de couro, sob o meu catre desalinhado.

Chegou a Aurora, trouxe a manhã e veio rodando pelo céu, sem esperar por mim. Foi *Argus*, o cão da casa, que resolveu acordar-me, passando a língua húmida pela minha face. Depois de ter revolvido os restos de comida que havia pelo chão, a *Argus* dera-lhe para a ternura. *Argus*, no triclínio? Mas *Argus* estava proibido de entrar em casa. Quem tinha autorizado tal desaforo às regras domésticas?

Soergui-me e enxotei o animal. Do pavio de uma lucerna

ainda subia um fio de fumo trémulo e escuro, que ia perder-se no tecto encardido. Um raio de sol intrometia-se pela portada de uma janela e atravessava o triclínio de lado a lado, para ir refulgir tolamente num canto qualquer.

— Lícia! Lícia! — berrei eu, meio estremunhado e com alguma dificuldade em manter a cabeça direita sobre os ombros. Parecia que o pescoço tinha amolecido e não sustentava bem aquele trambolho.

Qual Lícia! Fui dar com ela espojada num canto da cozinha, ressonando em trombeteio alto e exalando um hálito tão forte que era capaz de adormecer instantaneamente uma coorte germânica.

— Acorda, velha bêbeda, não vês que já é dia alto? Como te atreves a dormir assim em frente do teu amo?

Rebate! Só então me ocorreu o que nunca devera ter-me saído do espírito durante toda a noite. Desarvorei em direcção ao quarto e mergulhei debaixo do leito. Nada. Fiquei sem pinga de sangue e nem arremeti para Lícia quando ela me apareceu à porta e perguntou, em voz arrastada:

— Fazes tanto barulho! Que procuras tu?

Devo ter olhado para ela tão desesperado, tão fora de mim, com os olhos tão aguados, que Lícia — de ordinário persistente e intrometida — optou por se afastar num cambaleio tropeçado. Ouvi-a embater num dos pilares do átrio, com um som oco, seguido de um praguejo em língua de escravo. E, imaginem, quão volúveis e inconstantes são os homens: quase brotou um riso, entremeio das lágrimas que já me escorriam pela face.

Deuses, deuses bondosos e ajudadores dos homens, que os

há-de haver algures, posto que não os conheça a todos, passai a orientar os meus actos. Que devo fazer? Acorrer ao pretório?, falar com os magistrados?, prestar juramento, rasgando a túnica no peito? Decerto que seriam dadas ordens, expedidas patrulhas em busca dos meus pérfidos companheiros daquela noite... Mas o meu pai haveria de saber do sucedido mal chegasse. Os magistrados, seus amigos, não deixariam de lho contar, os seus inimigos haveriam de querer chamá-lo a depoimentos. Mas... talvez isto se pudesse resolver antes do regresso de meu pai e sem que ele se tivesse de encolerizar à ideia de que o borra-botas do filho não fora capaz de lhe guardar o dinheiro por uma noite...

É certo que eu não tenho grande reputação em Salácia. Para ser franco, tanto se me dá que os vizinhos me apontem e que os velhos me tratem com desprezo. Isto passa. Boémias de juventude não deixam marcas duradouras. Sabe-se lá que tropelias teria feito o meu pai quando foi legionário na Dácia? E não é ele respeitado e não tem assento em todas as honrarias?

O que não passa é uma reputação de tolo que deixa escamotearem-lhe — mediante artifícios pueris — os quatrocentos mil sestércios que tinha à sua guarda. Talvez me pusessem mesmo uma alcunha...

Por outro lado, o meu pai não gostaria, decerto, que os magistrados soubessem que tinha quatrocentos mil sestércios em seu poder, quando apenas, e depois de muito instado, se prestou a abonar uma ninharia para a construção do templo. Claro que toda a gente suspeitará de que ele dispõe disso e de muito mais. Mas, assim, a prova provada, declarada à luz do dia, trasladada no pretório... Alguém teria que agir... Que sarilho.

Dominei o pânico, enverguei, apressado, uma túnica nova e fui procurar Víscon. À porta, quase tropecei na biga que me tinham deixado, por comodidade, ou por um resquício qualquer de perversa honradez. De varal em terra, sem cavalo. Quatrocentos mil sestércios por uma biga velha — péssimo negócio!

— Mas eu saí antes de todos. Mas eu não tenho nada a ver com as vossas jogatinas. Mas eu cumpro a lei. Mas eu não permito que tu me faças acusações!

Estávamos os dois sozinhos na loja escura, e Víscon podia, à vontade, dar curso à sua gesticulação histriónica. Ele gritou, ele bateu no peito, ele ameaçou-me, ele jurou por Tanit e por todos os deuses de Cartago, ele conduziu-me aos esconsos do tugúrio, ele convidou-me a subir ao seu quarto infecto para comprovar a inocência, ele chegou a pôr uma capa para me acompanhar ao pretório. Quanto mais Víscon falava e gritava, mais eu me convencia da sua culpa. Mas... com que provas? Limitei-me a insultá-lo, num tom de voz apenas um pouco mais áspero que o dos outros dias...

Depois, foi um correr de Salácia, de casa em casa, no bairro mais piolhoso e fétido. Nada, ninguém os tinha visto. Os guardas das portas da cidade também nada me souberam dizer...

Em frente o rio, verde, sossegado, imperturbável, e o meu desejo a crescer de me atirar a ele. Cheguei a pensar em ir de novo pedir a dívida a Lentúlio, argumentando que ele nada me tinha pago e denunciando como maquinação os recibos escritos em cacos de barro. Mas... aqueles canzarrões... e os escravos possantes... e, de resto, pensando melhor, como dizia o outro, em todas as coisas há uma medida...

E foi quando, numa das voltas que dava pela cidade, enrodilhado noutras voltas mais angustas que dava sobre mim, me ocorreu uma ideia.

O meu amigo Próculo não gostaria de ter uma biga militar?

Este meu amigo Próculo, digo-o sem qualquer preconceito ou animadversão, era muito asno. Orgulhava-se, não sei com que fundamento, de pertencer ainda à família dos Cantabros de Conímbriga e Aeminium. Acamaradámos na escola do grego Filistion, numa tenda junto ao rio, entre uma peixaria e um vendedor de curtumes, ambos bem cheirosos, como é de calcular. Filistion era mau como professor e como carácter. Punha-nos durante horas sonolentas a copiar nas tabuinhas de cera os preceitos de Calímaco e, depois, vinha observar os resultados, de sobrolho derribado e vergasta na mão. Tanta fueirada que eu levei... Mas Próculo era o mais castigado de todos. Nem conseguia recitar de cor o primeiro canto da *Eneida*. Enganava-se sempre, comia frases, enchavelhava as declinações e concordâncias, usava palavras espúrias, como «cavalus», que o professor abominava, de um jeito tão repugnado como se um monte de estrume tivesse desabado sobre a frágil tenda em que exercia o magistério.

Na aula do gramático, mais tarde, novamente Próculo a meu lado. Aqui havia menos vergastadas, substituídas por um cortante olhar de indignação, que Próculo, entre todos, tinha de suportar as mais das vezes.

Valia-lhe o bom vinho e o puro azeite que o seu pai, dono de latifúndios, afobadamente e à vista de todos, propinava ao mestre. Nesses dias, os comentários irónicos e os olhares glaciais procuravam outro alvo: eu, habitualmente. O pai que me calhara, por desígnio divino, entendia que não se devia peitar o professor, embora toda a gente saiba que, quando ele era centurião, enfim... cala-te, boca! Nesses dias, não tão poucos como isso, fazia eu de Próculo, suportava a ironia do gramático e creio que, no seu fraco entendimento, Próculo compreendia isso e se mostrava vagamente reconhecido. Pagou-me uma ida ao teatro, em que dormi soberbamente, porque ele tinha alugado excelentes coxins de penas e os actores, todos maricas, cultivavam vozes maviosas. E ofereceu um combate na sua *villa* em que um bestiário calvo e envelhecido se fartou de dar golpes numa pantera igualmente decrépita e quase cega que, ainda por cima, logrou saltar a paliçada e fugir para a charneca.

O meu propósito, um tanto desesperado, naquele dia nefasto, era pedir emprestados os quatrocentos mil sestércios a Próculo. Deixaria a biga como penhor, prometeria um juro qualquer, e depois se veria... Os tempos andam conturbados e... enfim... nunca se sabe. Convém tentar a sorte... pelo menos ganhar tempo. Valendo-me da natural ingenuidade de Próculo, não havendo testemunhas, talvez nunca lhe chegasse a pagar e, entretanto, não teria meu pai razão de queixa...

Pois aqui me vejo eu, muito tem-te-não-caias, vagamente aterrorizado ou aterradamente vago, que ambos os estados de espírito me quadram, empoleirado numa biga, pela estrada de Miróbriga afora, caminho da *villa* de Próculo. Passei a ponte com dificuldade: «Apeia-te, apeia-te, parvo», gritava a guarda, gritavam os transeuntes, mas eu insisti no meu modo pessoalíssimo e temerário de conduzir o carro.

Já conduziram uma estuporada biga? Não? Afortunados

mortais que mal sabeis apreciar o esforço dos aurigas e a destreza dos bárbaros que combatem em carros de guerra. Eis que as rodas embatem na calçada com furor como se quisessem partir as pedras, eis que o varal ora desliza para a direita, ora para a esquerda, atravessando a viatura no meio da estrada, porque não há meio de manter a parelha no mesmo passo, eis que as rédeas ora parecem curtas, ora longas de mais, ora se nos embaraçam no corpo, ora nos obrigam a esticar desumanamente o braço para as manter na mão; eis que o nosso corpo é sacudido, já em tremores pequenos e miúdos que fazem deslocar os órgãos internos, já em guinadas súbitas e largas que quase nos precipitam nas ásperas moitas, ou nas valas lamacentas. E os dentes, que não sabem se estão a bater de medo se a chocalhar com as múltiplas vibrações resultantes da cumplicidade demoníaca entre as rodas e as lajes da estrada? E as correias das sandálias, que nos escorregam para os artelhos? E a vista, que fica tremida e pronta a ver três onde só há um, como depois de uma rija noitada de boémia?

    Ia eu assim, a tremelicar de pernas dormentes, em cima da biga, arrependido de ter avançado tanto, a ponto de já não ser possível — sem coima grave de ridículo — voltar atrás, quando ouço o tupa-que-tupa de mulas atrás de mim. Eu seguia devagaríssimo, e tento apressar o passo, folgando as rédeas. Logo os cavalos deram um galão para a frente e me vejo desequilibrado sobre o rebordo do carro. Mal tinha restabelecido a situação, num grande sarilho de rédeas e gestos, com o coração a bater da iminência da queda, quando ouço ao meu lado uma voz:

    — Salve, militar!

Olho, e era sorridente aquela cara redonda que me saudava debaixo de um grande chapeirão de viagem, arrebitado para diante.

— Salve! — respondi eu e não desmenti aquilo do militar. Convinha impor respeito nestas estradas, ainda que o aspecto do meu interlocutor não fosse particularmente ameaçador, nem lhe visse armas a despontar das vestes.

Era grandalhão e de atavio compósito. Montava uma mula forte, trazia gordos alforges entre as pernas e arrastava atrás de si uma outra mula, escura, pequenitota, a pender para jericão, carregada com fardos túrgidos, de aspecto variado e pesado. Mostrava-se visivelmente satisfeito por ter encontrado companheiro de viagem.

— Estou supinamente satisfeito por ter encontrado companheiro de viagem, ó militar. As estradas do Império já não são como eram dantes, nos tempos saudosos dos Flávios (suspiro). Adoeceram-me dois escravos, quebrou-se o eixo do meu carro, mas o negócio não pode parar... Os escravos, diz que foi da água. Que diabo de água bebem vocês em Salácia?

Que havia vários poços, nascentes, e mesmo a água do Calipus nunca tinha feito mal a ninguém, que eu soubesse. Mândria de servos. Fingimentos... Que tinha dito o médico?

O médico? Mas ele ia gastar dinheiro com um médico por causa de dois miseráveis escravos mouros? Tinha-os deixado para ali, ao cuidado de uma matrona de costumes fáceis, e, quando voltasse, confiava que estivessem bons. Mas não ia esportular os honorários desses clínicos gregos, despudorados especuladores, receitadores de remédios falíveis, esquisitos e caros...

E assim se entabulou uma enfastiada conversação. Nisso tinha o meu companheiro grande prática, que passava a vida na estrada como bufarinheiro e considerava seu mínimo dever de solidariedade entreter os outros viageiros, com grande desprezo pela discrição natural entre desconhecidos.

Perguntou-me, às tantas, se eu apreciava os combates de gladiadores. Claro que gosto de combates de gladiadores. Sou cidadão romano, não sou nenhum degenerado, adoro ver vísceras quentes rebrilhando ao sol, membros decepados, corpos estraçalhados...

E logo me contou o escândalo de um lanista ambulante que tinha apenas quatro gladiadores, aliás velhotes e enfezados, e que os recusou a combates de morte, mesmo que instado pelo pretor de Equabona. Eu conhecia a história, e não podia deixar de dar alguma razão ao lanista. Ao fim e ao cabo, os gladiadores eram o seu ganha-pão, coitado dele, coitados deles...

— Mas o pretor pagava-lhos. O pretor pagava-lhe quatro vezes o preço deles! Sabes o que era, ó militar? O homem tinha-se afeiçoado aos escravos. Não queria vendê-los por piedade... Por piedade, imagina! — E o meu companheiro ria, ria...

De facto, discorria eu, um espectáculo de gladiadores sem morte é apenas uma esgrima pífia, sem verdade, sem beleza. É uma fraude para quem compre o seu bilhete. O sangue vertido na arena, fumegante, representa uma espécie de tributo que se paga aos autores das grandes epopeias... Mas, por outro lado, cá no íntimo, eu até simpatizava com o gesto do pobre lanista, miséria e desdouro da corporação. No fundo de mim, eu — que sou capaz de muita coisa — não entregaria a infame Lícia para ser coberta por um touro, ou de pôr o palafreneiro

coxo a defrontar uma pantera... Um homem pode ter os seus defeitos... E a mim dá-me para estas inconfessáveis reservas... Não ousei dar conta destas reflexões ao meu companheiro mercador. Receei que me retirassem a seus olhos o prestígio que me haviam granjeado a biga e o gládio. Fiquei-me por considerações genéricas sobre a obrigatória presença da morte nos combates... Amanhã pensaria melhor no assunto. Amanhã, ou outro dia...
Nem sabes, tranquilo leitor, em teu sossego, como eu te poupo. Um dia em que eu for velho, esgotada a juventude, com seus arroubos e estúrdias, pedindo-me já o corpo a sombra das frondes e o gorgolejo dos arroios, embaciada a imaginação em proveito da memória, eu hei-de recontar as velhíssimas histórias que o mercador me impingiu. Já o gramático Filistion, de ponteiro na mão e olhar sombrio — muitos e pesados anos atrás —, havia tratado da semântica da expressão «discutir acerca da sombra de um burro», já eu tinha, em tardes ásperas, analisado, coberto de suores viscosos, as fábulas de Fedro, já tinha, na taberna do Víscon e noutras, rido das diversas anedotas sobre os Tartéssios, já tinha, à socapa e com impiedade, escutado aleivosias contra o imperador. Pois naquele troço de viagem coube-me recapitular tudo desde o início pela voz tonitruante e — pensava ele — jocosa do meu companheiro de marcha.
Perdoemos estes mercadores, que são mesmo assim, e usemos para com eles da piedade que este verberava no lanista...
E ele a dar-lhe:
— Agradeço-te, sinceramente, militar, por consentires que a tua veloz biga se deixe acompanhar pelo meu miserável macho.

Mas não te parece que ela guina um tanto para fora? Não estará o eixo deformado?

— Não, o azeite com que o olearam em Salácia é que era de má qualidade — inventei eu.

— Hum — respondeu o mercador —, o azeite que eu vendo é sempre dos melhores lotes.

E seguiu-se uma longa e exaustiva declamação da lista dos seus produtos e um não menos completo enunciado do rol dos seus clientes, nata das natas da Lusitânia.

— Não tarda — perorava ele, triunfal —, instalo-me na minha terra, compro escravos e passo a tratar dos meus figos, do meu azeite. Nada mais deleitoso que a vida do lavrador... Tu ainda és muito novo, mas quando chegares à minha idade, verás.

— Estás, então, rico? — perguntei eu.

O homem sobressaltou-se. Qual rico! Mas não tinha terras próprias? Hum... Não, propriamente: eram as terras dum parente, um favor que lhe fariam... E, por instantes, olhou-me, desconfiado, pelo rabo do olho.

Melhor seria que desconfiasse menos de mim e mais do que se passava em frente, na estrada, lá ao longe. Trotávamos agora entre umas ravinas cobertas de mato encrespado. As copas de carvalhos e azinheiras sombreavam as lajes e criavam em volta uma penumbra fresca que seria agradável se não escurecesse tanto o caminho.

— Não viste um fulano lá adiante a atravessar a estrada? — perguntei eu, pouco tranquilo.

O meu companheiro franziu o sobrolho, enrolou nos lábios a história que já se preparava para contar e pôs a mão em pala sobre os olhos.

Tarde de mais. Não valia a pena. Estávamos cercados. Detivemo-nos.

Em nossa volta agrupava-se um bando hirsuto de gente pouco recomendável, a avaliar pelo aspecto menos limpo das vestes e pelos artefactos muito cortantes e nada agrícolas que exibiam nas mãos.

— Salve! — atreveu-se o meu companheiro a medo, voz sumida...

Nenhum dos do grupo respondeu. Os joelhos tremiam-me. Finalmente, depois de largos instantes de expectativa, um grandalhão coberto com uma espécie de jaleca de pele de coelho deu um passo em frente e falou-nos, com os grossos braços cruzados sobre a peitaça em que reluziam os restos duma couraça pintada:

— Ave, ilustres viajantes. Foi Mercúrio que propiciou este aprazível encontro. Não ireis decerto furtar-vos à vontade divina e recusar o auxílio a estes pobres e humildes deserdados, expulsos das suas terras e perseguidos pela justiça de Roma devido a certos mal-entendidos?

Eu não sabia o que havia de dizer, mas o mercador lançou-se numa interminável lengalenga: que humilde e pobre era ele, todo o seu sustento ali ia, depois de um incêndio lhe ter devorado a casa e os credores lhe terem penhorado o resto dos haveres. Que o poupassem, que tinha de dar sustento a uma mulher, a uma ninhada de filhos e à sua velha mãe paralítica que ansiosamente o esperava...

Já por essa altura a compostura do grupo se havia desfeito um tanto e alguns homens sem cerimónia iam apalpando os fardos que o mercador trazia. O chefe dos salteadores, finalmente, cansou-se do aranzel e interrompeu-o com um gesto imperativo.

— Estou comovidíssimo com a tua história, ó viandante emérito. Mas hás-de conceder que também eu tenho estas bocas todas para sustentar. E as minhas únicas ferramentas, que já nem sei trabalhar com outras, são estes machados, estes gládios e estes arremessões que a Providência colocou nas nossas mãos e felizmente nos ajudam a ganhar a vida. Aliás, foi o que a deusa Fortuna, quando um dia me apareceu em sonhos, aconselhou: «Vai, Eládio, vai por essas estradas e faz a tua colheita...» Que remédio, hem?, senão sujeitar-me à vontade da deusa... —

E, mudando de tom:

— Queiram descer. Podem aproveitar para descansar um tanto.

Não era antipático este bandido. Mas, bem vistas as coisas, não tinha nenhuma boa razão para nos poupar a vida. Eu desenrolava as rédeas, com grande dificuldade, o meu companheiro fazia que se balanceava para içar o seu corpo do dorso da mula, como se valesse a pena adiar o nosso martírio por mais uns segundos, quando começámos a ouvir um matraqueio pausado que ecoava pelas lajes fora. E havia uma canção de versos breves, sincopados, vozeados... mais e mais nítida. Já a canção crescia, já eu a reconhecia: «Bate a cáliga na calçada! Fica a pedra bem quebrada! Um e dois, companheiro! Mexe com força esse traseiro!»

A tropa! Deuses! A patrulha! Nunca nenhuma melodia me soou tão maviosa como aquela canção idiota de soldados.... Naquele momento, ao que me parecia, a cadência que vinha pelos ares não era o ritmo que mais convinha aos salteadores, porque logo se atarantaram e foram tomados de súbito frenesi. Era este que corria para a esquerda, aquele que desarvorava para a direita, um tentava subir a uma árvore para logo desistir, outro ficava-se quieto com os joelhos a tremer e a boca muito aberta sem atinar... Eis que tumultuaram, hesitaram, desandaram para aqui e para ali, atropelaram-se e, ala!, desapareceram pelos montados. Antes, num acesso inútil de maldade, o chefe deles balanceou um dardo nas mãos e, zás, atravessou com toda a força o pobre do comerciante, que deixou de estar a meu lado, porque se precipitou estrepitosamente da mula abaixo. Veio também uma machada na minha direcção. Mas eu, à cautela, já me tinha apeado e escondido atrás da biga.

Tudo isto durou uns breves instantes, enquanto o bando hesitou e esparvoeirou para ali. Já os penachos da patrulha se aproximavam, com os homens agora em passo acelerado, senhores da estrada, e ainda eu, acautelado, me abrigava atrás da biga. Estendi a mão para o corpo do comerciante a meu lado. Estava morto. Mortíssimo.

Na ponta dos dedos e fora da vista dos soldados, que varejavam agora as moitas em volta, desatrelei as mulas do morto e passei a arreata da maior pela trave da minha biga. Cedo os soldados se cansaram de procurar nas urzes quem não estava lá e se agruparam, descontraidamente, em volta da biga. O optio que os comandava não hesitou em acotovelar, com alguma brutalidade, para se chegar até junto de mim. Tinha umas feições duríssimas, muito queimadas do sol, e uns olhos cinzentos que não agouravam nada de bom. Faltava-lhe jeito para conversar: sabia era berrar!

— Então, viajante, não leste os éditos? Que é que eu havia de responder a isto? Sabia lá quais éditos... Não leio coisas de mais proveito quanto mais os maçadoríssimos éditos...

— Viaja-se em grupo! — bradou o homem. — Espera-se às portas das cidades até se formar um grupo! Olha o resultado... O teu companheiro no chão, atravessado por uma lança, e tu, aí, feito parvo, sem saberes bem o quanto deves ao exército.

Mas eu estava agradecidíssimo ao exército... Eu até faria sacrifícios em prol das legiões. Eu, naquele momento, amava desveladamente, ternamente, a tropa.

— Para onde ias tu, ó viandante imprudente?

Eu, filho do centurião primipilo Gaio Marcelo Tácito, cidadão romano com plenos direitos, viajava com a minha biga e a minha mula em direcção à *villa* do meu amigo Próculo, obra de seis milhas dali, na companhia fortuita dum comerciante turdetano que montava aquela mulazita pequena lá atrás. Confiava, obviamente, no bom patrulhamento das estradas e na polícia de César. Foi quando um bando de energúmenos nos saiu ao caminho e...

— Esta biga é do teu pai? — atalhou o optio, sem grande paciência para explicações. — Tem o eixo torto e merecia melhores cavalos.

— O meu pai insistiu em que eu lhe trouxesse a biga, precisamente porque na *villa* de Próculo há bons artífices, capazes de a reparar como ninguém em Salácia...

— Hum — reflectiu o optio. — E que é que faremos a este cadáver? O falecido disse-te alguma coisa sobre o destino dos seus bens? Fez disposições testamentárias?

Encolhi os ombros, adivinhando aonde é que o optio queria chegar.

— Nada sei dele — respondi.

— Bem, nós tomaremos conta dos seus bens até que apareça alguém a reclamá-los. Três homens para enterrarem o corpo!

Já se aproximavam três legionários de pá em riste, e eu considerava se teria feito bem em apropriar-me da mula grande e não da pequena. Poderia ter inventado, com risco, porque as vestes do falecido indicavam outra coisa, que aquele cadáver era de um meu escravo que me vinha acompanhando, etc. Mas, enfim, convém não forçar a sorte. Ficassem os legionários com parte do espólio que me figurava cestos e ânforas de vitualhas, pelas protuberâncias dos grandes fardos das ilhargas, e viesse a mim, pelo menos, a mula grande que, sadia e de pêlo lustroso, deveria valer alguma coisa, sem contar com os sacos que transportava.

Fazia-se tarde, o turdetano estava quase enterrado, nada mais tinha eu a fazer ali, agradecimentos ao optio e a todos, e lá vou eu meio equilibrado na minha biga, zás, catrapás, pela calçada afora.

— Eh, tu! — bradou o optio atrás de mim.

Com dificuldade, consegui deter a biga, meio atravessada na estrada. Fiquei preocupado. Porque me chamaria o optio? Ai, que aí vinham as perguntas sobre a mula...

— Não me parece que com essa andadura consigas chegar muito longe... ó Cósimo, conduzes a biga aqui do jovem até ao cruzamento das quatro azinheiras... Depois esperas lá por nós. O Cósimo foi cocheiro e chegou a participar em corridas, não é, Cósimo? Vá! Despacha-te.

Não queria Cósimo ouvir outra coisa. Ei-lo que me sobe para o carro, com um sorriso triunfal, verifica se a mula está bem presa, enrola as correias em volta do corpo, adverte-me para que me segure bem e dá um grande berro. E os cavalos parece que gostaram de o ouvir... Rompe a minha biga em grande velocidade, a estrada começa a correr contra mim e os cascos dos cavalos a chisparem nas pedras.

— Olha que não há nenhuma corrida para ganhar — avisei eu. — Só quero chegar são e salvo.

— Segura-te, cidadão, que o Cósimo não te deixará atrasar!

E o vento dava-me na túnica e puxava para trás com força o penacho do capacete do legionário. E para trás via eu a vida a andar...

— Eu, para ser franco, não tenho muita pressa... — insisti.

Inútil. O Cósimo não estava disposto a ouvir-me. O chicote estalava por sobre as orelhas dos cavalos, e estes, pilecas de trabalho teimosas, desta vez, para me contrariar, fizeram por não desmerecer dos predicados de Cósimo. Até a mula do comerciante, lá atrás, pata aqui, pata acolá, se mostrou airada à aventura. Ala!

— O carro não está grande coisa... É velho — arrisquei, aos berros, entre o trovejar daquilo tudo e entortando a boca a um drapejo qualquer da minha clâmide, que me batia ruidosamente na cara.

— Claro! — bradava Cósimo que, sobre ser aventureiro, não devia regular bem dos ouvidos. — É uma excelente biga! Tomara eu uma assim em...

— Quê?

— Em Meróbriga, duma vez que...

Os ares levavam-lhe as palavras. Não tinha outro remédio senão segurar-me bem porque aí vinha aquela curva junto do choupo, logo antes do caminho que — dizem — vai dar a Vispácia.

— É agora! — resignei-me eu. — Coitado de mim, pobre Marco, esmagado na berma da estrada, na flor da idade...

A biga inclinou-se toda para o meu lado esquerdo, as minhas mãos agarraram com firmeza o varão do carro, o meu corpo encostou-se à armadura laminada de Cósimo, os cavalos — ia jurar — relincharam de aflição, eu vi, num relance, copas de árvores e ligeiras nuvens estriadas a passar, numa grande sarabanda, e depois — plac — fui sacudido para o lado oposto quando a roda da direita de novo embateu no chão e de novo a estrada se me apresentou em frente.

Colado ao carro, de joelhos dobrados, aterrorizado, olhei para Cósimo, na esperança de que ele reparasse no meu estado de terror e tivesse, se não piedade de mim, pelo menos algum respeito pela minha cobardia. Eu sempre era filho de centurião. Um soldado raso bem que poderia tomar isso em conta...

Mas Cósimo estava encantado.

— Fazer isto com uma biga, hem? Haviam de ver-me, os meus camaradas. Com uma quadriga era mais fácil: os cavalos de fora seguram o carro... Agora com uma biga. Ah, magnífico Cósimo, que ainda não lhe perdeste o jeito...

E lá fomos, trovejando pela estrada. Entreguei-me nas mãos dos deuses que, talvez por distracção, me deixaram chegar são e salvo ao almejado cruzamento. A biga, enfim, deteve-se. Cósimo suspirou, tirou o elmo, limpou o suor do rosto com o penacho e disse, muito contrariado:

— Bem, cá estamos... Há tempo... queres que te leve a casa do teu amigo? É muito longe?

Não, era já ali, obra de duas ou três milhas.

— Então vamos! Eu regresso a pé!

Escusado protestar. Já Cósimo arremetia para um caminho secundário e levantava poeiras para todo o lado. Voámos, literalmente voámos ao sair da estrada, esmagámos piteiras dos caminhos, afugentámos um bando de escravos, desinquietámos um ror de gansos e irrompemos, a alta velocidade e numa manobra deslizante, no pátio da *villa*. Enfim. Ainda atordoado, dei umas poucas moedas ao Cósimo, que lá foi, pela estrada fora, de dardos ao ombro, um tanto entristecido por a brincadeira ter acabado. Ainda me bradou, acenando:

— E, quando precisares, já sabes, cidadão! Cósimo Rufo do quinto manípulo!

— Está descansado, Cósimo.

Apoiei-me na biga e respirei fundo.

— Marco, Marco, meu amigo Marco, tão bem te vi chegar de biga, com escolta militar...

Próculo, de toga, vinha pelo terreiro da *villa*, rodeado de um rancho de escravos, todos desempenhando circunspectamente as suas funções: um trazia-lhe a água de rosas num gomil, outro uma toalha, outro uma espécie de espanador que não se percebia bem se era para limpar o pó se para espantar insectos alados, outro um turíbulo de perfumes orientais. Estava Próculo ainda mais gordo e achei-o um tanto efeminado.

— Então, Marco, dignaste-te a vir, enfim, a esta casa pobretana e a envergonhar-me na minha miséria?

Lérias! Ora o salafrário! Nunca tinha entrado numa *villa* tão rica e tão cuidada. Depois da morte do pai — atinado nas despesas e no governo das terras —, Próculo decidira, pelos vistos, embelezar a existência. Vissem-se aqueles mosaicos, aqueles murais, aquele luxo de escravos ricamente vestidos, aquelas baixelas de prata...

— Caríssimo amigo Próculo, dilecto dos deuses, como poderia eu passar sem cumprimentar quem me é chegado ao coração?

— Já uma bacia de água de rosas para o egrégio Marco! — ordenava Próculo, asperamente. E, enlaçando-me com o braço amplo, adiposo, logo reparou que eu estava coberto de pó e afastou-se, saltaricando, com um risito incomodado.

— Ah, a aspereza dos caminhos... — E logo: — Ficas, Marco? Oh, fica, fica...

Claro que ficava, qual era a dúvida? Tínhamos muito que conversar. Mas aquele pó... sentia-me peganhento. Próculo chamou logo o intendente e encarregou-o de me conduzir ao meu quarto. Já dois escravos, bisonhos, apareciam à porta, com a bagagem que tinham recolhido da biga e os alforges que vinham na mula. Os alforges? Eu precipitei-me. Lá que me trouxessem a toga e o gládio era como o outro. Mas a carga da mula eu próprio a quis levar. «A sério? Deixa!», «Não, não, eu mesmo levo». Fui excessivamente peremptório. Acho que Próculo estranhou um tanto aquela minha precipitação, tanto mais que o peso dos sacos me dobrou a figura em passos oscilantes e incertos.

Fui instalado num quartito, no primeiro andar. A varanda, corrida, sombreada por trepadeiras, deitava pela planície além, coberta de várzeas verdejantes. Era claro, sossegado. Talvez não fosse mau viver no campo, como alguns sustentam. Um dia eu... Mas o que conteriam afinal os alforges do infeliz mercador?

O intendente — um germânico de cabelos amarelos e ar manhoso, que olhava de lado — veio explicar-me, com muitas desculpas, em nome do seu amo, que as termas estavam fechadas para obras. Só funcionava o frigidário. Deixava-me uma bandeja com empadas, uma bacia de água de rosas e a promessa de providenciar uma tina e unguentos olorosos. Pois que se fosse, que eu queria recolher-me agora. O homem não desandava, a olhar para mim. Já dali para fora! Andor!

Ainda os passos dele soavam pela varanda, já eu me precipitava para os sacos de couro que haviam pertencido ao outro. Que haveria ali? Um pequeno ídolo de pedra, um tecido espesso e, debaixo, e, debaixo... um tilintar doce que me acariciava os ouvidos: moedas! Deuses, deuses do empíreo, tanta moeda...

O mercador transportava o seu espólio consigo. Afinal, talvez se fosse mesmo retirar para a sua terra, comprar a tal *villa*, gozar uma velhice campestre... Mas que sorte tinha eu tido, com o azar dele e aquele meu lampejo de expediente. Ainda bem que me havia apoderado da mula grande... mergulhei as mãos nas moedas, revolvi-as com deleite. Havia-as de ouro e de prata, e áureos e denários valiosíssimos e, mesmo, prata em libras. Uma pequena fortuna... Hum, melhor lavagem era aquela para as mãos que as mais celebradas águas perfumadas do imperador, fosse ele qual fosse, nos tempos incertos que corriam...

— Preferes aloés, mirra ou benjoim?

O maldito intendente interpelava-me da porta, com duas ânforas nas mãos. Atrás, dois outros escravos, de ar sofredor, transportavam, numa padiola, uma espécie de sarcófago de bronze, coberto de enfeites de faunos e ninfas, onde já fumegava a água do meu banho. Fechei atabalhoadamente os alforges. Maldita eficiência. Sempre desconfiei destes servos germânicos...

— Deixa ficar — respondi —, eu trato de mim!

— Como dizes? — interrogou-se o germânico num espanto escandalizado. — Nem uma massagem?

— Deixa ficar e desaparece. Fora! — tive eu de berrar com força. O homem retirou-se, desconfiado, levando os outros consigo. Fui à varanda, certifiquei-me de que tinham dobrado a esquina e voltei ao meu espanto. Quantos sestércios havia ali? Trezentos ou quatrocentos mil, seguramente. Bem que poderia ter poupado esta visita ao Próculo. Mas, enfim, já que lá estava, ficasse, distraído embora e de coração aos pulos. Agora... onde é que eu esconderia o dinheiro?

Sempre o mesmo problema... Quem não tem dinheiro possui ao menos a liberdade inestimável de não se preocupar com guardá-lo. Onde é que haveria eu de dissimular os malditos sacos? O quartito que a hospitalidade de Próculo me havia reservado, com o seu pequeno leito, a sua trípode e um poial de tijolo, estimulava-me pouco a imaginação: debaixo do leito! Onde havia de ser senão debaixo do leito?

Tomei o meu banho, entre solerte e inquieto. A um tempo, apetecia-me cantar velhas canções, recitar heroicamente as epopeias venerandas e fugir dali para fora o mais depressa possível. As copas das árvores que distinguia pela janela, bordejando os céus, seriam noutra ocasião sinal de liberdade e menagem dos infinitos espaços das esferas, de fazer sonhar. Pareciam-me agora os verdejantes muros duma incómoda prisão. Era hóspede de Próculo e tinha de me comportar à altura, sem me apetecer nada...

Atardei a ablução o mais que pude, até que a água começou a arrefecer e a pele a arrepanhar-se, desejosa de sair do banho, já meio gelado. Esfreguei-me, untei-me, raspei-me, vesti a toga e arrastei a banheira para a varanda, com grande estridor. O intendente logo apareceu, sempre inoportuno, a querer ajudar-me.

— Leva a banheira — ordenei eu. — E que ninguém entre no meu quarto, porque dediquei agora uns sacrifícios a Esculápio e, se alguém entrar, quebra-se o efeito.

Fiz mal, claro. Não creio que estes germânicos, acostumados aos seus deuses em forma de árvore, sejam sensíveis às particularidades dos sacrifícios civilizados. Depois, há a mentalidade de escravo — a melhor maneira de fazer com que um escravo vá a certo sítio é dizer-lhe: «Não vás!» Os hebreus até contam uma história a propósito...

— Marco, como te demoraste, como eu estava já impaciente! Vê, vê esta magnífica rosa! Tenho agora um jardineiro mágico que consegue um roseiral espantoso. Dou-lhe uma ração dupla. Ele bem merece. Hum, nunca te tinha visto de toga...

O untuoso do Próculo a interromper as minhas divagações eruditas e a distrair-me da minha preocupação... Sumptuosíssima rosa, concordei eu, e encaixei-a atrás da orelha com grande contentamento do meu anfitrião, que já me arrastava para um pequeno pavilhão, de estilo compósito, onde estacionava a máquina mais valiosa daquela *villa*: uma clepsidra grega, enorme, que dispunha uma enorme gárgula sobre um tanque em forma de vieira. A cada hora, a maquineta infernal soltava um zumbido e expelia pela gárgula um peixinho vermelho, que ficava a nadar, junto aos que já lá estavam. Para se saber as horas bastava contar os peixes. As trapalhadas que estes malditos gregos inventam para delícia dos tolos como Próculo... Mas elogiei muito a clepsidra, interessei-me, fiz perguntas, ajudei a esgotar o assunto. Próculo quis mostrar-me mais coisas.

— Queres ver os meus escravos novos? Fizeram-me um bom desconto. Eu compro sempre por atacado... Qual terras, qual quê! Eu invisto em escravos, o bem mais precioso que um homem pode ter...

Eu não disse nada. Próculo tencionava, provavelmente, ofuscar-me com a sua riqueza. Considerando a idade, a qualidade e a escassez dos escravos em casa de meu pai, bem que poderia ofuscar-me à vontade. Mas fui desfazendo em todos à medida que ele mos ia mostrando. Que este tinha os braços demasiado curtos, que aquele cabelo ruivo era prenúncio de sarilhos, que ele devia ter averiguado porque é que faltava um dente a um outro... Fiz, certamente, figura de grande entendedor, porque Próculo, quase em desespero de causa, decidiu apresentar-me a última das suas maravilhas.

Mandou chamar. Trouxeram-no. Era um moço de feições morenas, lábios grossos, olhos verdes, grandes cabelos negros escorridos sobre os ombros. Vestia, ricamente, uma túnica debruada com motivos exóticos, reconstituídos com basta imaginação e menos gosto pelas costureiras domésticas. Olhava-nos com um ar equívoco, que me pareceu desagradavelmente lúbrico. Detestei-o logo.

— Hum — observei eu, reticente. — Ordena-lhe que se dispa!

Eu procurava encontrar qualquer defeito no corpo do escravo. Evitei observar-lhe os dentes porque já tinha pressentido, pelo riso alvar, que ali havia boa dentadura. E congeminava ainda observações desprimorosas quando, num ápice, o rapaz atirou a túnica e ficou a olhar-nos — parece que a mim com maior insistência — de um modo perverso, com a língua a passar entre os lábios.

— Não é uma perfeição? Judeu! — segredou-me Próculo, comovido.

Olhei de novo. Judeu uma ova!

— Enganaram-te, Próculo, este homem não é judeu...

Próculo indignou-se:

— Que dizes? Não é judeu?

— Sabes — expliquei paternalmente —, acontece que os judeus têm uma certa particularidade que, logo à vista desarmada, não se evidencia neste.

Inclinei-me um pouco para Próculo e esclareci, em voz baixa, qual era a particularidade.

Próculo ria, ria, da minha ingenuidade.

— Mas este judeu, Marco, não é um judeu qualquer! Nasceu no Sul, em Ossunuba... É um daqueles judeus que adoram um Deus que foi crucificado no tempo de Tibério por ter cometido uns desacatos e dito umas aleivosias lá numa cidade qualquer de... enfim... uns que andam para aí sempre a desenhar peixes por todo o lado... Até é engraçado... adoro ouvi-lo falar... Mas ainda adoro mais...

O meu anfitrião, chegando-se a mim, fez uma confidência

obscena, em voz baixa. Eu não gostei. Próculo insistia no bichanar:

— Se quiseres, Marco, cedo-to por esta noite. Repara bem: só por esta noite...

Fui ríspido:

— Sabes, Próculo, podes guardar o teu cristãozinho, que eu não aprecio machos. Nunca percebi bem isso de... enfim, deixa...

Próculo rosnou qualquer coisa — aliás, descabida — sobre a «austeridade dos filhos de centurião» e logo retomou o bom humor. Aproveitei para lhe mostrar a biga, enaltecendo generosamente as qualidades do carro: expliquei que tinha pertencido a um tribuno militar, muito excêntrico, que a usara em numerosas batalhas contra os Dácios. Aqueles orifícios que perfuravam os restos de dourado dos anteparos não eram de caruncho, ao contrário do que um relance distraído poderia inculcar, mas vestígios de pontas de setas inimigas que caíam aos milhões sobre o valente comandante, dilecto dos deuses.

E era a biga tão sólida e tão rápida que...

Próculo, de mão enfastiada sob o queixo, não se mostrou particularmente entusiasmado. Deixei para depois. Ele tinha fome.

— E se fôssemos comer? Há bailadeiras...

Bailadeiras um tanto desajeitadas e com excesso de adiposidades, direi eu. De cada vez que levantavam os braços e erguiam aqueles véus coloridos expeliam um odor que não sofria mistura com os excelentes arganazes recheados que o cozinheiro mandou servir nessa noite. Regalei-me. Às tantas, pedi a Próculo que despedisse o escravo da pandeireta, mais as bailadeiras, e propus — tão sério quanto os vapores vinícolas mo permitiam — falarmos de negócios. Próculo limpou a boca, reclinou-se solenemente no leito e dispôs-se a escutar-me. Não era mau, o vinho dele.

Seria escusado, bem vistas as coisas, trazer eu à balha o trato comercial. O que havia nos sacos do mercador sobejava para os meus desígnios. Mas, à falta de conversação, e esgotados quase todos os temas de reminiscência juvenil, um tanto afoitado pela ligeireza do ambiente e pela languidez dos eflúvios, contei a minha história:

— Bem sabes, Próculo, como o meu pai negoceia grandes quantidades de lã, de cereais e de frutas e as expede para as mais distantes partidas do mundo. São necessários enormes investimentos, claro, com o frete de navios, empréstimos a juros, *et cetera*... Acontece que se enseja um grande carregamento para abastecer as legiões da Dácia e o meu pai tem todo o seu dinheiro em movimento...

Próculo percebeu aonde eu queria chegar e desatou a fazer perguntas antes do meu inevitável desfecho. Se também exportava grão-de-bico; se fretava — cuidado! — navios púnicos; a quanto lhe montariam os juros...?

A tudo respondi com proficiência, segurança e, sobretudo... imaginação. Já Próculo bocejava e lembrava o adiantado da hora, quando eu lhe atirei com o remate fatal: o meu pai mandava-lhe pedir quatrocentos mil sestércios, a três meses, com um juro de seis por cento. Próculo hesitou.

— Negócio firme — acrescentei eu, determinadamente —, os navios estão todos no seguro.

— Hum, não sei — resmungava Próculo —, tenho toda a confiança no teu pai, mas quatrocentos mil...? Acho que, de momento... não poderia ser menos?

Compus um ar desconsolado. Lá teria eu de bater a portas estranhas — lamentei — e oferecer uma participação nos lucros a outros... Eu que tanto me tinha batido para que meu pai oferecesse sociedade ao meu melhor amigo e nunca a um daqueles comerciantes rotineiros e antipáticos que abundavam em Salácia. Mas, enfim, se o meu dilecto Próculo não tinha ao dispor esse montante...

— Não, não é isso — atalhou Próculo. — É que, assim de repente...

E naquele momento, em frente do meu ex-condiscípulo, eu fui um enorme homem de negócios. Com reminiscências de conversas ouvidas outrora ao serão, um quanto bastasse de cultura geral, três ou quatro referências a nomes e o enunciamento de noções arrevesadas desarmei o meu interlocutor. Ele não podia dizer que não...

Eu já via Próculo a imaginar, nebulosamente, frotas e frotas de bojudas naves pejadas de cereal, rompendo as salsas ondas do Mare Nostrum, entre lustrosos golfinhos, caminho dos áridos portos do Euxino. Suscitei-lhe a gula do lucro e o brio do empreendedor.

— Seis por cento, hem? — perguntava-me, coçando o queixo glabro.

— Ou mesmo mais... não achas justo?

Dadas as circunstâncias, eu — que até já estava a apreciar aquele jogo e a pensar no que ele seria divertido se tivesse um oponente mais sólido que Próculo — não se me dava de ir aos dez, aos vinte, ou mesmo aos cem por cento... Fiquei-me pelos dez.

— Amanhã a gente vê isso, está bem? Eu chamo o meu administrador e...

Desmanchou-se Próculo num enorme e ruidoso bocejo. Instalou as mãos sobre o ventre, impante de arganazes recheados, deixou descair as pálpebras e ainda disse:

— De certeza que não queres o escravo judeu para esta noite?

Que não, eu dispensava o escravo judeu ou outro qualquer. Agradecia apenas que me mandasse alumiar o caminho...

Despedi a serva triste que, lenta, me acompanhou por passagens lúgubres, tossicando timidamente. O quarto. O catre. Os sacos. As moedas. Apalpei. Tudo em ordem. Sono regalado.

Acordei antes de o Sol nascer, com uma estranha sensação de angústia. De ordinário, praz-me dormir até tarde, até não sobrar sono nenhum. Sou um grande perdedor de alvoradas. Mas, ali, aos primeiros pipilares dos pássaros, estava eu fora do catre, a abrir as portadas, com uma zoada desinquieta na cabeça. Era o campo que não me convinha, ou era qualquer pressentimento de... Mergulhei debaixo do leito. Os sacos ainda lá estavam. Apertei-os entre as mãos. Rangeram, mas aquele ruído... Desapertei os cordões de couro, numa ânsia: pedras! Os sacos estavam cheios de seixinhos do rio!

Que desaustinado berreiro fiz eu! Toda aquela *villa* estremeceu ao despejo dos meus pulmões! Acorreram escravos de todo o lado, os pássaros desarvoraram em voos altos e o próprio gado respondeu, em vagidos indignados, aos meus gritos. Eu tinha sido roubado. Ignóbil Próculo, onde tinha escondido o meu dinheiro? Ai que ia tudo raso se não me devolvessem imediatamente os meus sestércios...

E tão desesperado eu estava e fora de mim que pus o quarto todo num virote e teria mesmo estrangulado o louro intendente, que assomou titubeante à porta, se mo não tivessem tirado das mãos.

Eu queria ali os meus sestércios e já!

Próculo apareceu, enfim, com a barba por fazer, escudado atrás do escravo judeu e de dois outros, que traziam paus.

— Imundo Próculo, vergonha da Lusitânia, esterco do Império, eis que me desapareceram, em tua casa, sob tua responsabilidade, os seiscentos mil sestércios que eu tinha naqueles alforges. Fica sabendo que me não conformarei e que moverei os céus e os infernos para recuperar o que é meu...

— Seiscentos mil sestércios não cabem nos teus alforges — observou o intendente com um ar vagamente desprezivo.

Mas Próculo já estrepitava num grande teatro:

— Ah, Marco, que te introduziste em minha casa, dizendo-te meu amigo, mas trazendo, no teu íntimo, maus desígnios! Como te atreves a perturbar a paz do meu lar, exigindo dinheiro, tu, que ainda ontem, de cerviz curvada, me suplicavas a esmola de quatrocentos mil sestércios?

— Não perdes pela demora, Próculo ladrão! Que te entrego à justiça e passas o resto dos teus dias no fundo das minas de Vipasca!

— Todos estes são testemunhas, todos são testemunhas, Marco, de que procuraste extorquir-me dinheiro à conta da minha generosa hospitalidade...

— Testemunhos de escravos? Deixa-me rir, indecente

Próculo. Quanto à tua hospitalidade, de ratos cheios de garum podre e possivelmente de pós maléficos para adormecer a minha vigilância, é mais um facto que os juízes tomarão em conta... Os meus sacos estão cheios de cascalho! Vejam todos: cascalho! Porque é que eu havia de andar com seixos nos sacos, ó Próculo?

— Cada qual mete nos seus sacos aquilo que quer. Podiam estar cheios de estrume de porco, que isso não adiantava nada à questão. Põe a mão na consciência, Marco, que essas tuas práticas são indignas de um cidadão romano. Já o meu pai me avisava de que...

Eu ia ripostar, no mesmo tom de grande berreiro. E garanto que tinha fôlego para estar ali a altercar durante toda a manhã. Mas, de súbito, dei-me conta de uma verdade evidente e elementar: aqueles escravos estavam armados. Eu encontrava-me sozinho entre a gente de Próculo. Bastava um gesto dele para que me desancassem até à morte e fizessem desaparecer o corpo.

Nem sei como, tomei uma atitude muito digna e composta, afastei com autoridade o primeiro escravo que me apareceu pela frente e segui, lentamente, pela varanda afora, sem olhar para trás. Fez-se um silêncio atarantado e, felizmente, ninguém se mexeu.

Desci, com a morte na alma, e quase pé ante pé, até ao piso térreo. Um grupo de escravas com túnicas talares de cores claras olhava-me abismado. Havia cães, mas repoltreavam-se, tranquilos, ao primeiro sol. Grande silêncio. Lá fui, muito tem-te-não--caias. E só desatei a correr pelo caminho quando senti o embate da primeira pedra na lama. De dentro, apedrejavam-me. Os soldados ainda lá estariam, acampados, no sítio demarcado? Apressei-me. Longuíssimo que foi aquele breve caminho! Em boa hora cheguei, já o destacamento estava prestes a levantar o poiso. Os militares apagavam a fogueira, carregavam estacas, dardos e demais petrechos, e não tardariam a formar para a patrulha. Eu saltei a vala e irrompi, esbracejando, aos gritos, de roupas desfeitas.

— Acudi-me, bravos soldados de Roma, que acabo de ser alvo de um roubo infame com tentativa de homicídio.

O optio que, meio dobrado, remexia no seu equipamento, levantou para mim os olhos pardos e gelados.

— Ó tu, mas como te atreves a surgir descomposto no meio dum acampamento militar? E quem te deixou saltar a vala sem te espetar com o dardo ou te cortar em fatias com o gládio?

— Perdoa-me, nobre comandante, mas venho ainda afogueado da corrida e fora de mim por ver a morte tão perto!

— Isso não é desculpa! Hum... — prosseguiu o optio, agora em voz mais contida. — Chega-te mas é para aqui e conta-me o que te aconteceu. Quanto a vós, cambada de ociosos, aos seus serviços. Marche!

O optio repreendeu-me, com a suavidade de que era capaz e que, ainda assim, vinha carregada de picos e asperezas:

— És um civil, não deves gritar em frente da tropa! Ora vamos lá a saber o que se passou...

Contei-lhe que transportava comigo dois alforges com perto de setecentos mil sestércios, que tencionava, a pedido do meu pai, transportar para Miróbriga, onde as deixaria em depósito a um rico proprietário, como garantia para um negócio que já estava apalavrado.

Antes, passara pela *villa* de Próculo, que eu, na minha ingenuidade, julgava meu amigo. Próculo, porém, pela calada da noite, mandara um escravo furtar-me os alforges e assassinar-me com um alfange trácio, risco a que só escapei fugindo com todas as minhas forças à frente dos meus assassinos, que, aliás, não deveriam andar longe, escondidos pela berma do caminho.

— História complicada, ó jovem. E cirandavas tu pela estrada infestada de bandos, com dois sacos de dinheiro, na tua ridícula biga?

— Eu tenho de comparecer amanhã em Miróbriga, sem falta! Não posso deixar que o meu pai perca a oportunidade deste negócio...

— Setecentos mil, disseste tu?

— Sim, setecentos... Oitocentos mil...

— Hum, não fales tão alto! — advertiu o optio secamente. E, dirigindo-se aos soldados: — Vamos a desmontar tudo e a refazer o bivaque, ó seus calaceiros. E esperem aqui por mim, que já venho! Cósimo! Tomas o comando!

E, ajustando a fivela do gládio, resmungou entre dentes:

— Ora vamos lá então resolver este caso!

— Não levas mais ninguém? Vais sem escolta?

— Como te atreves? Ainda está para nascer o primeiro batalhão de escravos que chegue para mim! A caminho! Acompanha-me, jovem!

Fui atrás dele. Era pouco falador. Nem uma única vez se dignou a voltar para mim a cara e soltar qualquer palavra à toa, um comentário, um incitamento ou, sequer, um pigarreio. Ruído, sim, fazia-o aquela armadura de tiras metálicas, rangendo e tinindo aos passos sacudidos que o homem dava, com as cáligas ferradas bem fincadas nas areias do caminho. Não era o meu estilo de caminhar, eu que me atardo a ver cousas, que atento em qualquer besouro ou libélula a adejar, que reparo no rabito tufado de um coelho a embrenhar-se nas urzes, que tenho a cabeça cheia de reminiscências bucólicas. Aquilo não era andar, era marchar. E o braço esquerdo do optio — que o direito segurava os arremessões e o escudo — dava e dava e marcava o ritmo da carreira, demasiado compassada para o meu gosto.

Numa larga curva que o caminho fazia, distingui, de súbito, uma cara espantada a espreitar atrás de uma oliveira.

— Olha! — exclamei eu. E puxei pela manga do soldado.

— Olha o quê? — perguntou ele.

Mas já uma nuvem de pó, mais em frente, anunciava os passos céleres de alguém que corria desalmadamente.

O optio ainda estacou, pousou os dardos no chão e chegou a bandear o mais leve. Depois desistiu:

— Ah, que se fosse de mais perto... Porque é que não me avisaste?

— Mas eu avisei!

— A tempo. Avisavas a tempo!

— Avisei quando vi...

— Cala-te. Agora percebo porque não és militar. Faltam-te qualidades. Não tens golpe de vista. Estivesse ele uns passos mais atrás e trespassava-o de lado a lado. A culpa foi tua.

— Minha?

Achei que não valia a pena discutir com o militar, que possuía uma percepção dos acontecimentos muito própria, aliás similar à que eu conhecia do lar paterno. Também não via muito boa razão para trespassar um fabiano que se limitava a correr, sem outra provocação... Há outras maneiras de apanhar um homem que não seja atravessá-lo com um dardo. Largando à desfilada, por exemplo...

Voltei a contemplar a natureza, tentando que aquele percurso me fosse o mais agradável possível, embora me incomodassem os rangidos ritmados que o meu companheiro imprimia a couros e metais.

— É ali, a *villa*?

Que sim, que era. Não via os telhados sobre os arvoredos?

— Então apressemo-nos!

Não havia motivo especial para nos apressarmos naquela altura do percurso, quando a *villa* estava praticamente à vista. Conviria talvez acautelarmo-nos, não fossem desferidos golpes das bermas do caminho. Mas este optio, militar de profissão, parecia encarar as coisas da vida de uma perspectiva avessa ao comum dos civis. E lá fui, atrás dele, quase correndo àquele impulso de esquerdo-direito-esquerdo que mal podia acompanhar.

— Então quem é aqui o latifundiário desta *villa*? És tu?

O optio, plantado a meio do pátio, de pernas bem abertas, interpelava, aos berros, um escravo do campo, que o olhava, atemorizado, de boca escancarada, apoiado na forquilha. Ostensivamente, desinteressara-se de Próculo que, com um ar muito digno, no meio da sua corte perfumada de servidores, nos esperava pouco mais além. O optio, com a desatenção, pretendia marcar bem as distâncias. Queria que lhe respondessem. Como representante do Senado e do Povo Romano, naquela *villa*, pouco se lhe davam as aparências.

— Responde! — insistiu, alheio aos sinais que Próculo, muito atrapalhado, fazia de longe.

O escravo, enfim, a medo, fez um gesto, apontando na direcção de Próculo. O militar deu uns passos em frente. Naquele momento admirei-o e à sublime arrogância das legiões de Roma.

— Estou já farto de perguntar! Quem é o proprietário desta casa? Ou há aí alguém que queira furtar-se às responsabilidades?

Ah, magnífico legionário...

Próculo adiantou-se, com gestos indecisos, e disse, desviando a atenção do optio, que fulminava já com olhar malévolo um pobre eunuco:

— Bem se está a ver, ó militar, quem é o dono desta *villa*, que te saúda e convida a entrar. Lamenta é que estejas mal acompanhado por esse jovem ignóbil que, com intenções perversas, lançou decerto sobre mim calúnias e protérvias, assim o amaldiçoem os deuses e o...

— Ah, és tu o latifundiário? Já podias ter dito! Porque não disseste, hem?

E o legionário cresceu sobre Próculo, que recuou um passo, assustado, e cobriu o rosto com a fímbria da túnica.

— O Senado e o Povo Romano — gritou o meu optio com voz tonitruante — têm razões para crer que nestas instalações foram furtadas avultadas quantias aqui a este queixoso! — E apontava para mim. — Ai de ti se tais acusações se comprovarem!

— Ah, ai de mim? Revista a casa, optio. Vareja-a até onde puderes. E que todas as maldições caiam... — Próculo barafustava, afectando dignidades ofendidas.

— Caluda! — interrompeu o optio. E, voltando-se solenemente para o meu lado: — Onde é que era o teu quarto, jovem? Eu fiz um gesto.

O optio enfrentou a corte de Próculo, que se preparava para nos seguir, e rugiu, de dardo em riste:

— Fica tudo aqui! Que ninguém se atreva a seguir-nos e a desafiar a autoridade do imperador!

Subimos as escadas, muito marciais, estrondeámos os nossos passos escandidos pela varanda e, finalmente, chegámos ao cubículo em que eu tinha dormido naquela noite. Logo o optio pousou o escudo e, de joelhos, procurou debaixo do leito. Dois alforges de couro! Um gesto largo e o optio mergulhava a mão nas bolsas. Estavam cheias de moedas... Percebi logo: o salafrário do Próculo, ao perceber que eu vinha de volta com a autoridade, tinha mandado devolver a pecúnia aos respectivos recipientes...

— Então? — perguntou o optio. — Estás a ver? — E, voluptuosamente, as suas mãos revolviam as moedas...

— Próculo, quando soube que vínhamos a caminho, mandou repor o dinheiro.

— É possível! — respondeu o optio. — Não perderá pela demora. Mas tu, para te ser franco, também não me pareces de muito boa pinta...

Ressoou um rumor de passos pela varanda e alastrou um tumultuar de vozes ciciadas.

— Olha! — avisei eu. — Eles estão ali fora...

O optio, a custo, retirou as mãos daquele banho delicioso e veio rugir, à porta:

— Mas quem se atreve aí a perturbar o Senado e o Povo Romano enquanto um militar procede a uma investigação?

Houve uma restolhada de túnicas e sandálias, sumiram-se os cicios e a varanda ficou deserta.

— Bem, podemos ir embora, não?

— Ingénuo que tu és, jovem — respondeu o militar. E a comissura direita dos lábios descaiu-lhe um pouco, o que devia indiciar um princípio de sorriso. — Anda, ajuda-me a transferir os teus cem mil sestércios para os meus bornais!

— Cem mil? Que é lá?

— Pois mais coisa, menos coisa... depois veremos...

Daí a pouco descia o militar as escadas a quatro e quatro, comigo atrás. Tinha composto um ar furibundo e pisava rudemente o chão. Dava a impressão de que os próprios ares tremiam em sua volta e que os alicerces desandavam um tanto. E Próculo, a meio do átrio, encolheu-se, como se repassado por uma lufada de frio quando o legionário estendeu para ele o dedo nodoso.

— Os alforges aqui do jovem estavam vazios! Quero já uma explicação, ó latifundiário!

— Vazios? — balbuciou Próculo. — Não é possível!

— Estás a duvidar da minha autoridade? Pões em causa a minha palavra? Queres que te trespasse já, de lado a lado, com este dardo regulamentar?

— Ninguém, ninguém mexeu nos sacos do Marco. Como poderia isso acontecer? Marco e eu somos amigos, não é Marco? Os nossos pais relacionavam-se. Eu sou um proprietário honesto... Eu não preciso...

— Não lhe prestes atenção, optio! — acicatei eu. — Este homem desalmado cometeu o nefando crime de roubar o seu hóspede...

— E o facto é que eu próprio verifiquei que os alforges dele estão vazios, sendo certo que, tendo-o encontrado antes na estrada, numa barragem de rotina, posso testemunhar que iam então cheios e comportariam uns... digamos... novecentos mil sestércios... — O optio exprimia-se pausadamente, com segurança.

— Mas como é que novecentos mil sestércios iam caber em dois sacos de couro?

— Ah, confessas! — resmoneou o optio, triunfal. — Acabas de te descair! Tu sabias qual era a quantia exacta que ia dentro dos alforges. E sabes porque o sabias? Porque os furtaste ou mandaste furtar... Aí está!

Esta lógica do optio não teria grande valor se não fosse afirmada numa berraria capaz de espantar caça por milhas em redor e sustentada no peso dum dardo que embatia cavamente no chão. Assim, era arrasadora...

— Já não há justiça, em Roma?

— Em Roma, propriamente dita, talvez não haja! Mas aqui, nesta estrada entre Salácia e Miróbriga, não escapam sem castigo os latifundiários que, sem respeito pelos manes, assaltam e roubam os viandeiros. Ou não serás o chefe de um desses bandos que assolam a estrada?

Trouxessem um escabelo a Próculo. Borrifassem-no com água de rosas. Abanassem-no mais com fartas plumas de pavão, que ele estava prestes a desmaiar... Meio sufocado, ergueu para mim os olhos mortiços, suplicantes. Eu, sempre fraco e pusilânime, condoí-me e murmurei:

— Talvez não tivesse sido o Próculo, talvez um dos escravos... Poupa-o, optio. Não vês como está abatido?

O optio fingiu que se zangava comigo. Teria eu o coração tão amolecido que me atrevesse a obstruir a justiça? Ou queria acompanhar aquele energúmeno que ali se derreava sobre um escabelo na triste sorte que o esperava?

Talvez se ele devolvesse o dinheiro... Eu, enfim, perdoava-lhe, lembrado da nossa amizade antiga.

— Marco, meu querido Marco, filho de centurião primipilo — lacrimejava Próculo —, serias capaz de jurar pelos deuses que vieste encontrar os teus alforges vazios?

— Sem dúvida! — respondi eu, com aprumo.

— Mostra!

Exibi as duas bolsas de couro, sacudi-as, revirei-as, revolvi-as com ambas as mãos.

— Como vês, nem um asse!

Mas já o militar bradava, batendo com o pesadíssimo dardo no lajedo, com a força da impaciência:

— Então!?

Próculo apertava as mãos ao peito. Os olhos cirandavam-lhe por todo o lado, em busca de qualquer solução, de qualquer apoio. Julguei que ele ia fingir um ataque para ganhar tempo e avisei o optio:

— Olha que ele vai fingir um ataque para ganhar tempo...

— Ele que finja e eu furo-o logo com este arremesso — tranquilizou-me o optio, com voz bem audível, sem olhar para Próculo.

Mas Próculo pareceu conformar-se: erguendo-se um pouco no escabelo e afectando um ar muito digno, ordenou ao intendente:

— Scobúrnio, vai imediatamente buscar oitenta mil sestércios aqui para o optio, para que não diga que somos pouco hospitaleiros...

— Oitocentos mil!!! — rugiu o optio.

— Pronto, cento e vinte mil, Scobúrnio! — murmurou Próculo com um trejeito entre desalentado e indiferente.

— Quatrocentos mil! — insisti eu.

— Ouviste o jovem! — berrou o optio, pondo-me a mão no ombro: — Seiscentos e cinquenta mil!

— Pois, Scobúrnio, vai lá buscar quatrocentos mil...

Próculo olhou para nós, enquanto o germânico se afastava, provavelmente com medo de que o optio ou eu seguíssemos o intendente e víssemos onde ele guardava o dinheiro. Mas, dignamente, nem o militar nem eu nos mexemos.

Ali ficámos, quietos, numa rigidez de estátua, com Próculo sentado em frente, no meio da sua chusma de escravos lambareiros. Era uma situação um tanto incómoda. Felizmente, foi Próculo quem quebrou o silêncio, falando para si próprio, muito baixinho:

— Eu sou um homem estimado. Usam a força bruta contra mim. Mas tenho o direito a meu favor...

Olhou, a medo, às esconsas, mas não lhe prestámos qualquer atenção. Muito teso, a meu lado, de queixo levantado, as fivelas do capacete apertadas, o optio mantinha-se numa hirta posição de sentido. Os seus olhos pardos dardejavam fixamente o fresco da parede em frente, que representava um Eneias sofredor, transportando Anquises às costas, com Tróia a arder em fundo.

E Próculo lá foi desfiando a lamúria, timidamente, em voz ciciada, até que, transcorrida uma eternidade, o intendente apareceu, com outros escravos que sobraçavam vários sacos de pano.

— Está tudo aí? — perguntou Próculo molemente.

— Dez sacos, com quarenta mil sestércios cada. Podes contar...

— Queres contar? — perguntou Próculo ao optio.

O optio indicou um dos sacos ao acaso. O intendente desapertou-lhe os cordões e contou ali, entre moedas díspares, latão para um lado, prata para outro, fora os cobres, mais algumas peças de ouro e libras de prata, o equivalente, grosso modo, a quarenta mil sestércios, espalhados no chão. Depois, com o assentimento do optio, devolveu-os ao saco.

— Muito bem, pela amostra! — disse o optio. — Espero é que os outros também tenham a conta certa. Vamos, dá os sacos ao jovem...

Próculo ainda se lamentou:

— Pois fazes-me isto, Marco?

Eu nem sequer o ouvi e apressei-me a encher os meus dois alforges de couro. Próculo suspirou profundamente. O optio rodou sobre si e encaminhou-se para fora, em passo de marcha. Eu acompanhei-o, o mais depressa que pude.

Tínhamos já passado a porta da grande cerca da *villa* e seguíamos pelo caminho particular quando, do lado de dentro, se levantou um grande clamor. Próculo havia acordado da letargia e carpia-se em alta grita. Não demorou a aparecer à porta, ameaçando-nos de punho estendido.

— Não ligues — disse o optio. — Apressa mas é o passo antes que os escravos agarrem nas gadanhas e nas forquilhas e percam o respeito pela tropa.

— Deixei lá ficar a minha biga e a mula...

— Não me parece o momento oportuno para reclamares

a tua biga. Já não vais mal servido. Depois mandas buscar o que é teu...

Voltei-me para trás. Próculo e a multidão grulhenta dos escravos não faziam qualquer menção de nos seguir. Apenas amaldiçoavam, amaldiçoavam...

Veio depois a curva do caminho, e perdemos a *villa* de vista. Como aqueles alforges me pesavam... Mudei-os de mão, pousei-os no chão por um instante, mas logo o militar se distanciou e tive de me apressar, um tanto trôpego, aos ziguezagues.

Às tantas, sem me olhar, ordena-me o optio:

— Sai da estrada e desvia caminho para a direita!

— Mas porquê? — perguntei eu. — O teu destacamento está lá ao fundo, no cruzamento...

— Faz o que te digo, que eu já te explico.

E, decididamente, o optio meteu pelas terras adentro, entre oliveiras e urzes. De repente, parou, pousou os bornais no chão, animou-se ao escudo e esperou tranquilamente que eu o alcançasse. Ainda distingui a cara dele, desta vez quase sorridente e prazenteira. Aproximei-me confiante. Foi tudo tão rápido que nem sei como perdi os sentidos...

Não era, no fundo, mau homem, aquele optio. A verdade é que não me matou, podendo fazê-lo com toda a facilidade. Sei lá quanto tempo depois, acordei com a visão muito próxima de um gafanhoto que me olhava de forma um tanto rígida e abstracta. Perto, as lâminas de uma armadura, arrumadas junto a um escudo e um elmo, encostados a uma figueira, refulgiam, inúteis, ao sol. Sacos de dinheiro, como é óbvio, nada...

Ele tinha-me batido com o cabo do pilum e desandado pelo

mato, sem armas defensivas, para aligeirar os pés, que para pesos já bastavam os quatro volumes de moedas alombados.

Estive para me sentar no chão e chorar amargamente, como os heróis traídos das histórias. Mas um pensamento mais positivo — perverso efeito duma tremenda dor de cabeça — levou-me a procurar o caminho vicinal, onde não havia sequer sinais de Próculo e suas trupes, e a seguir até ao cruzamento das quatro azinheiras onde esperava encontrar o acampamento da patrulha.

Calculava que o optio não estivesse lá, ou não haveria razão para se despojar das armas defensivas. E queria que a tropa desandasse e me deixasse campo livre. Havendo contenda, não deixariam de tomar posição pelo seu comandante, por mais que eu o denunciasse como salafrário. Pedir-lhes ajuda? Nem pensar, que declarando eu os motivos da minha queixa teria a coorte ávida de sestércios e prontíssima a matar por eles, trucidando de preferência os civis envolvidos, o que pouco me convinha.

Uma vala, um montão de terra, umas tábuas regulamentares, uma tenda, uma fogueira, três ou quatro guardas aos cantos e o resto a jogar às pedrinhas. Cheguei-me perto e chamei:

— Cósimo!!

A sentinela, colocando o dardo na horizontal, travou-me o passo e repetiu:

— Cósimo!!

O Cósimo apareceu-me, bocejando, de dentro da tenda.

— Que queres tu? Onde está o nosso optio? Não vinha contigo?

— Ó Cósimo — disse eu, em voz bem alta para que todos ouvissem. — Aconteceu um caso interessante que requer a tua imediata intervenção. O teu optio descobriu naquela *villa* dois leões de prata, de tamanho quase natural, e tão perfeitos que dir-se-ia rugirem e avançarem as patas a qualquer chamamento. Estavam escondidos debaixo de um tapete de esparto e o dono da *villa* não soube dar explicações convincentes sobre a sua origem. O optio está convencido de que foram pilhados a uma galera que singrava para Roma, ao longo destas costas. E ordenou-me que pedisse a vossa comparência, porquanto o dono da *villa* se mostra ameaçador e chamou mesmo os seus escravos armados.

Cósimo coçou a cabeça, ainda ensonado, e, lentamente, colocou o elmo.

— Disseste dois leões de prata?

— Foram descobertos dois, até agora, mas o optio admite que haja mais...

— Hum — respondeu Cósimo. E logo desatou aos berros:

— Quero toda a gente imediatamente pronta para sair!

Os militares atarefaram-se a desmontar as estacas, a reunir e a carregar com o acampamento. Todos pensavam no mesmo. A cupidez dava-lhes pressa. Eu tinha de arranjar algum pretexto para ficar para trás. Disse:

— Vão andando, que eu já lá irei ter. Cravou-se-me um espinho num pé...

Mas, felizmente, Cósimo e os outros não se mostravam nada interessados em mim. Tinha-os tomado uma frenética curiosidade de ver as tais maravilhas de prata. Num ápice, com uma disciplina eficiente, os soldados ficaram prontos para a marcha. Cósimo baixou o dardo mais leve, num movimento brusco, e partiram em ordem unida pelo caminho fora, sem me prestarem qualquer atenção. Deviam considerar-me um estorvo... Nos ares, violentando a voz das cigarras e o pipilar dos pássaros, elevou-se aquela conhecida e um tanto idiota canção de marcha. Uma turbulência de poeiras revolveu o caminho... Esperei um pouco até as vozes me chegarem mais sumidas. Enfim, levantei-me do tronco sobre que abatera, sofredor, a examinar minuciosamente a sandália.

— Agora nós, deslavado optio de uma figa!

Voltei ao lugar em que o optio me tinha derrubado e farejei por ali, como um cão-pisteiro. Com toda a certeza, ele preferira evitar a estrada patrulhada — já por vigilantes, já pela gatunagem — e teria seguido o caminho mais directo para as margens do Calipo. Lá estavam, bem nítidas no areão, as marcas inconfundíveis de uma cáliga militar, bem fundas, que a carga era pesada. Com paciência e persistência, este vosso Marco, filho de centurião, férula de desertores, lá chegaria. As pegadas do optio, com as suas marcas ferradas, sobressaíam relativamente nítidas entre as urzes. Ligeiro como eu estava, talvez conseguisse compensar a força e a antecipação do outro. Fui andando.

Nada fácil, seguir assim pistas... Há escravos especializados nisso, mais argutos que os próprios cães. Quantas vezes tive de tornar sobre os meus passos, de dar grandes voltas por entre o mato eriçado, de parar para retomar fôlego, de encostar o nariz ao terreno para me certificar das marcas das pegadas, nos terrenos mais rijos... A estrada estava já longe. A senda era cada vez mais agreste e acidentada, entre meio de montados ondulantes que pareciam ali dispostos para me dificultar a marcha. Valeria a pena?, perguntava-me eu de quando em quando, homem urbano de flacidíssimos músculos, que insistentemente pediam descanso. Atendendo às minhas circunstâncias familiares, e aos montantes envolvidos, tinha de reconhecer que, infelizmente, valia...

Não poucas vezes me perdi. Quando, desesperado, me preparava já para desistir, com a túnica rota dos cardos, os músculos macerados de tanta andadura e os olhos a arder do excesso de sol, que ora iluminava, ora confundia os pormenores, os deuses fizeram sempre surgir à minha frente aqui os fiapos de uma grosseira vestimenta militar, ali as marcas dos cravos na areia, mais além uma cana partida por mão humana e, até, em certa volta, uma moeda solta de um bornal mal apresilhado. E, a cada lamentosa desistência, logo me era mostrado o bom caminho. Por fim, alguma das divindades protectoras renunciou a tutelar-me e vi-me completamente desviado, sem qualquer rasto do optio.

Fui tropeçando, um tanto à toa, desbravando mato, até que, de súbito, ouço uma espécie de clamor e me escondo atrás de uma azinheira. Quem estaria ali? Cuidadosamente, fui-me aproximando, sempre resguardado atrás das árvores, e pareceu-me ouvir uma voz não de todo desconhecida, que alterava muito irritada.

Curiosidade, ó estigma dos homens que tantos tens miseravelmente perdido e alguns salvo, que foste mais forte que o meu natural acanhamento e sentido de reserva, e me obrigaste a rastejar como as serpentes e a afocinhar forte no chão como as toupeiras, que divindade perversa te inventou? Ainda hoje tremo ao recordar a audácia — de todo estranha ao meu ser — que me levou a abeirar-me da tenda em que pontificava o salteador Eládio.

— Quem não concordar que diga já! — trovejava Eládio, de mão na cinta, para uns poucos bandidos guedelhudos que o olhavam com ar entre receoso e desconfiado. — Ou será que entre os meus homens algum ousa desconfiar de mim?
— Não precisamos de ir todos para a estalagem, basta que vá um... — atrevia-se um dos homens.
— E aquela patrulha da estrada, quem sabe onde acampou? E o receptador da Vipasca, que bem pode estar à espera no lugar combinado?
E, em dizendo isto, agora muito de mansinho, Eládio aproximou-se, como se distraído, do homem que havia obtemperado e, zás!, com o cutelo da mão desferiu-lhe uma pancada no estômago que o deixou dobrado no chão. E, após, dirigindo-se aos outros, em voz branda:
— Ó companheiros, sócios a quem o destino me ligou! Pois não vedes que tenho razão? Cada qual deve ocupar-se das suas funções, obedecendo ao seu chefe. Será que vos tenho trazido pobreza? Será que vos tenho abandonado?
A bandidagem, sisuda, ia concordando com Eládio. Mesmo o que tinha sido derrubado sentava-se agora no chão e assentia gravemente com profundos acenos de cabeça. Devia ser grande apreciador de falas edificantes...
Eládio proferiu mais umas palavras, aqui ameaçadoras, além amigáveis, e eis os salteadores em ordem de marcha dirigindo--se aos seus destinos, obedientes, como crianças bem ensinadas. Eu acachapei-me mais atrás dum tufo de troviscos, feliz por eles se dispersarem por outras bandas, e comecei logo a parafusar na maneira de sair daquela zona perigosa sem alarde nem ruído.

Eládio, perto da tenda, com uma foice, ia agora cortando ramos secos. Preparava-se para acender uma fogueira. Fui rastejando às arrecuas, devagarinho, suspendendo o gesto a cada mínimo estalar de ramo. Difícil, a manobra... Mas o salteador já cantarolava, distraído com as suas modestas e remansosas tarefas. Foi com alívio que eu deslizei por um declive e pude, enfim, pôr-me de gatas e afastar-me, escondido pelos arbustos. Já de pé, ao longe, ainda ouvia a cantoria de Eládio, a quem, pelos vistos, enchiam de felicidade os pequenos trabalhos domésticos.

Na ânsia de me afastar (e que alevantado louvor caberia aqui — se eu não tivera tanta pressa — ao esplendor da natureza, com os seus besouros de asas azuis a cirandar nos ares e as múltiplas campainhas e papoulas dando vida e cor à mata...), acabei por esquecer o meu objectivo de alcançar o optio traidor e recuperar os meus sacos de sestércios.

Ia desanimado disto, a andar tristemente, pontapeando sem rebuço inocentes ervinhas, quando vejo quem, refastelado, a dormir, provavelmente a roncar de papo no ar, em cima duma fraga, além em baixo, após uma ravina? Quem? O optio.

Todos os nervos do meu fraco corpo se eriçaram, a face vincou-se-me de indignação e creio que, se alguém me surpreendesse naquele momento, teria considerado que encontrara uma besta-fera das Etiópias, e não um pacífico cidadão romano. Pois como se atrevia aquele hediondo optio, vergonha das legiões, biltre dos biltres, sabendo-se perseguido por mim, a mergulhar numa sesta displicente, aproveitando-se dos eflúvios benignos do clima, e com quatro sacos de sestércios ao lado? De punhos cerrados, disposto a saltar em cima do optio, ia eu já a descer a ravina, cheio de ímpetos de vingança, quando ouço um grunhido sonoro, áspero, que — não exagero — fez estremecer as terras em volta.

Em resultado disso, eu acho que estremeci também, todos os pêlos do meu corpo irromperam e o coração sofreu-me uma sacudidela forte, como se me tivessem dado uma pancada no peito. Lancei-me ao chão — ou caí, não sei bem — e fiquei a olhar por entre as ervas, aterrorizado.

Logo abaixo do talude sobre que eu me escondia apareceu uma forma fulva, hirsuta, lerda, que bramiu, projectando uma enorme sombra na sua frente. Deu uns passos desajeitados, cambaleantes, de forma a que eu a pudesse ver completamente, e sentou-se pesada e imensa no chão, depois de farejar ameaçadoramente os ares. Era a ursa! Deuses! A ursa Tribunda, o monstro que assolava toda a campina desde Salácia a Miróbriga, que se coçava e lambia lá em baixo, a cortar-me caminho.

E então percebi tudo. O optio dormia, sim, mas o último dos sonos. Fortuna não quis que ele pudesse gozar regaladamente a pecúnia tão miseravelmente angariada, e pusera-lhe na frente, fazendo vontade à Justiça, a tremenda ursa Tribunda, que o havia abatido ao peso das suas desconformes garras. A confirmá-lo, lá estava um arremessão, de cabo a dar e dar, cravado numa espádua da ursa, que se remexia e urrava com raiva, da dor que o ferro, lançado por mão expedita e diligente, lhe causava. O sangue, já coagulado, empapava os pêlos do monstro. As fauces arreganhadas sacudiam-se para um e outro lado, e a grossa haste do dardo sarilhava ao sabor dos movimentos, o que mais enlouquecia a besta.

«Horrível de ver», como dizia o outro. Mas seria certamente mais horrível de sofrer, se a ursa, enfurecida como estava, tivesse farejado a minha presença. O que vale é que o vento soprando a meu favor e o padecimento da arma encravada nas carnes não davam ao animal vez de se preocupar comigo. Sorte idêntica, sem o saberem, calhava a Eládio e aos outros, que nem sonhavam terem acampado quase à sombra da ursa Tribunda.

E ali estava eu, desamparado, afundado na terra, a olhar para os sacos de sestércios, agora guardados por uma sentinela mais temível que o cão de sete cabeças que defende os infernos. Grossas lágrimas me escorreram dos olhos, enquanto a ursa bufava e barafustava, deixando resíduos de pêlo e crostas de sangue na erva lá de baixo. Novamente fui saindo de mansinho, às arrecuas, sobressaltado pelos rugidos da fera, até poder rastejar e, finalmente, correr, a ponto de me considerar razoavelmente a salvo.

Debaixo de um frondoso carvalho, talvez excitado pelo exemplo da ursa, dei largas ao meu desespero. Sofreram as ervas em volta, que devastei sem piedade, e sofreu a minha túnica, já bastante castigada, que se viu reduzida por mais uns rasgões raiventos.

Mas porque é que não me aparecia um deus benigno e me resolvia estes problemas? Eu merecia um deus! Poderia descer do astro, de uma máquina celestial, e murmurar, rindo cristalinamente: «Marco, eis que vou devolver-te os teus sestércios...» Nada. Ao meu desapontamento respondiam apenas os ralos e, de quando em quando, trazidos pelos ventos, uns restos dos urros da ursa Tribunda, ferida, mas não moribunda, capaz de rugir, por muito tempo, mais fortemente que eu... E de me desfazer também, com uma patada, se eu ousasse sequer mostrar-
-me.

Foi então que, nos repuxões que dei à minha estafada túnica, caíram dos refegos umas poucas de moedas que eu ainda trazia comigo. Nada de grande valia: um sestércio de Augusto, asses de latão, golfinhos de Salácia e uma mão-cheia de cobres que nem daria para uma refeição.

A adversidade — não é o que dizem? — aguça o engenho. Pois foi no meio desta revolta e após increpar os deuses, o que só mostra que eles têm, às vezes, feitios complacentes, que me ocorreu uma ideia não excessivamente entusiasmante, mas apesar de tudo adequada à minha falta de recursos.

De novo me arrastei em direcção à tenda dos bandidos, onde Eládio ressonava gloriosamente. Reinava o sossego. Num espeto, perto, em lume brando, rechinava uma fiada de tordos, dispostos com engenho, de maneira a serem uniformemente tostados. Era a plena e tranquilizadora imagem da felicidade campestre.

Acocorei-me e considerei os dados da questão com a compenetração de um tribuno militar, desfalcado de forças, antes de entrar em guerra. Havia Eládio, havia a ursa, havia os meus sestércios, havia os tordos assados... Que ordem de batalha lhes dar?

Ocorreu-me que seria interessante dividir o inimigo, chamando-o a realizar o trabalho que me convinha. Estava fora de questão atacar Eládio e tomar-lhe as armas. Por um lado, porque sendo Eládio mais forte que eu, podia acordar e reagir inconvenientemente; por outro, porque a ursa ainda era mais forte que nós os dois e mais alguns, e não me via a investir contra o monstro, armado com os ferros de Eládio. Não tenho feitio para atacar ursos gigantes e mal-humorados. Não fui criado para isso...

De maneira que talvez não fosse de mau aviso propiciar um encontro entre Eládio e a ursa, para ver em que davam as coisas. Claro que não me parecia que Eládio, acordado assim de repente, estivesse disposto a discutir com serenidade a melhor forma de me fazer o jeito. Teria, pois, de utilizar meios de pressão dotados de subtileza e flexibilidade.

Se, por exemplo, tentasse atrair a ursa para junto de Eládio utilizando como chamariz aqueles tordos que ali estavam a ser assados? Viria ela? Ou levaria a mal?

Hum... Tribunda, a ursa, terror do Calipo e seus campos, não me parecia muito dada à cooperação. Arranjaria logo qualquer pretexto irracional para implicar comigo, que, sendo menos saboroso que um tordo, tenho mais tamanho para avanços lúdicos deliciosos, do ponto de vista de uma fera.

Haveria então que conduzir Eládio para junto da ursa, até que aqueles dois temperamentos se encontrassem, comigo de fora.

A minha mão, junto ao peito, tocou o molho de moedas que eu trazia na túnica. Ponderei mais um bocado. Um ronco de Eládio, revolvendo-se no tapete de folhas que lhe servia de leito, decidiu-me, não fosse ele acordar fora de propósito...

Pé ante pé, muito de mansinho, fui espalhando as minhas moeditas atrás da tenda de Eládio. A algumas, de cobre novo, dei-lhes lustro, para que brilhassem entre o verde-acastanhado do campo. E, uma a uma, lentamente, em carreiro, sempre em lugar bem visível, fui-as dispondo pelo caminho que conduzia ao covil da ursa. Se houver alguma coisa de que eu me possa orgulhar nesta história é da meticulosa engenharia com que coloquei moeda após moeda, de maneira que quem visse uma pudesse logo lobrigar a outra. Podeis, já agora, aplaudir, cidadãos, embora a fábula ainda vá a meio!

Ao dispor a última moeda, um asse já muito corroído, ouvia distintamente o ronco da ursa atrás de uma lomba de terreno. Era, por todas as razões, altura de voltar para trás e esperar.

Devo confessar que, por entre os sobressaltos do susto, perdurou muito o orgulho deste meu expediente, nova versão altamente valorizada e adaptada com subtileza da lenda do fio de Ariadne. E o furor daquela ursa bem valia o do Minotauro...

Creio que, pelo mundo fora e pelo correr dos tempos, outros recorrerão à minha ideia. Para reencontrar caminhos nas florestas, por exemplo...

Como era pouco provável que a fera se interessasse pela pecúnia, restava-me, portanto, saber se Eládio, o facínora dorminhoco, resistiria ao apelo das moedas.

De novo me agachei ao pé da tenda do salteador. Ele ressonava ainda, agora voltado para o outro lado. Hesitei muito, calculei bem os meus gestos e o salto de recuo, que havia de ser rápido e silencioso, e, com a ajuda de uma cana, derrubei o espeto de tordos que, aliás, por essa altura, estavam já excessivamente torrados, mesmo para o gosto de hirsutos salteadores de estrada.

Eládio teve um estremeção, grunhiu, acordou e sentou-se de repente, olhando para todo o lado com uns grandes olhos abstractos. Logo, por reflexo, levou a mão ao gládio que tinha junto a si. Após, mal-humorado e tosquenejante, veio cá fora verificar, abanando a cabeça com pena, que os tordos estavam feitos em carvão.

Bocejou, espreguiçou-se e, para meu desespero, nem reparou nas moedas. Mas eis que se afasta um tanto e, de gládio debaixo do braço, põe-se a urinar fumegantemente do lado de trás da tenda. Vi-lhe o perfil a contemplar as nuvens, a examinar a copa das árvores, a olhar um formigueiro, que inundou com crueldade, e, subitamente, a fixar-se muito atento em qualquer ponto do chão, à sua frente. Senti o coração aos saltos. Eládio tinha dado com a primeira moeda. Vitória!!
Vejam quão gananciosos — e ainda bem! — são estes gatunos. Era uma moedazita estrangeira, insignificante, que não valeria meio asse e que nem Víscon aceitaria na sua taberna. Mas as feições de Eládio iluminaram-se quando a rodou entre os dedos, e mais se iluminaram quando descobriu a segunda moeda, a brilhar perto.

Tínhamos homem!

Pela primeira, e talvez última, vez na vida, as coisas foram correndo como eu as tinha planeado. Sensação estranha, aquela, de a vida não me estar a correr mal, como se Invídia, dessa vez, estivesse a olhar para outro lado...

Do plano, agora ligeiramente mais elevado, em que eu, por entre a vegetação, ia seguindo a deambulação de Eládio, assisti à sua procura sôfrega de moeda após moeda. Em dados momentos só lhe distinguia a cabeça, depois deixava de o ver, mais além aparecia o corpo dobrado, a procurar entre as ervas ou a remexer com o gládio aqui ou ali. Muito foi andando Eládio. E pelo sorriso que, de longe, lhe surpreendi, reparei que estava satisfeito. Eu também. Oxalá a ursa se mantivesse ainda no mesmo sítio...

Eládio chegava agora, de olhos postos no chão, àquela lomba

onde eu deixara a última moeda. Fiquei estarrecido. Ele deu mais uns passos em frente e, depois, deve ter encarado com a ursa porque estacou ali, pasmado, hirto, com os movimentos suspensos. Um rugido atroou os ares. Eládio passou o gládio para a mão direita, olhou ainda para trás, mas não ousou fugir à frente da fera. Começou a recuar, devagarinho, quase imperceptivelmente. De repente, fincou melhor os pés no chão, estendeu o gládio à frente dos olhos e aguardou, tenso. A ursa já carregava. Era um valente aquele Eládio...

Assisti a tudo. Não me peçam pormenores porque tremo de horror só ao relembrar aquela breve refrega. Apenas direi que uma desajeitada montanha de pêlos fulvos como que rolou, urrando pela campina, e envolveu o corajoso Eládio, que já esperava a carga, com o gládio seguro pelas duas mãos acima da cabeça. Os gritos do homem e do monstro misturaram-se, numa confusão sonora que acompanhava a confusão dos corpos. Levantou-se terra. Ervas voaram. Eu fechei os olhos, antes de me lembrar de que, uma vez derrubado Eládio, podia dar à ursa para vir no meu encalço. Mas os movimentos cessaram de súbito e aos meus ouvidos apenas chegava agora um arquejo inumano, gemebundo, como um grito repetido travado por soluços.

Estive ali que tempos, à espera. Depois, muito timidamente, muito subtilmente, ousei levantar a cabeça. Nada. Apenas aquela rouquidão de gemidos... Mas, por enquanto, não me atrevia a qualquer outro movimento.

Creio que as formigas de qualquer carreiro entenderam que o meu corpo constituía a ponte mais apropriada para chegarem aos seus destinos. E aquele gemido inumano, ora mais brando, ora mais áspero, que nunca mais tinha fim...

A curiosidade, o cansaço e as comichões sobrelevaram, enfim, o receio, e eu soergui-me sobre os cotovelos. Cautelosamente, remexendo por entre o mato, detendo-me a qualquer protesto das folhas secas, rastejei até à berma do talude. Espreitei. Era a ursa Tribunda que gemia.

A massa enorme do seu corpo enovelava-se sobre o cadáver de Eládio, de que apenas se distinguiam um braço abandonado, de mão aberta para os ares, e a cabeça à desbanda, cabelos emaranhados com as ervas, como quem tranquilamente meditasse, ao comprido de um agro sereno, desprovido de feras. Não era ali um bandido. Era uma figura de homem aquietado, livre de preocupações e de impulsos malfazejos, entregue todo à natureza, quase invejável. Tinha obviamente o pescoço partido...

Esbarrondada sobre os restos de Eládio, a ursa vivia, talvez, os seus últimos momentos. Estendida um pouco de flanco, patorras quietas, inteiriçadas, mal respirava. Aquela cabeçorra enorme expelia pela boca, devagar, uma pasta sanguinolenta que embebia largamente a erva em volta.

Apenas um estremeção episódico, aqui e além, quase imperceptível, lhe sobressaltava os resquícios de vida. E havia aquele guincho asmático, impotente, quase um protesto, quase um apelo, quase uma despedida plangente. A ursa, depois do dardo cravado pelo optio, havia sido trespassada em pleno peito pelo gládio afiado de Eládio.

Contemplei demoradamente o estertor, com incomodidade. Não era um espectáculo agradável de presenciar. Também não ousava aproximar-me, com receio de um rompante brusco. Já tinha assistido a desfechos inesperados, nos bestiários dos circos...

Mas via ao longe sobre uma fraga, sobressaindo na paisagem, entre os tons grená da túnica do infeliz optio, os bornais com os meus sestércios, os alforges com os meus sestércios, razão de todas estas atribulações minhas...

Em dado momento, quando me pareceu que o ritmo dos estertores da ursa era mais espaçado e que os gemidos baixavam de tom, soergui-me um pouco mais e arrisquei uns pequenos avanços. O areão cedeu debaixo de mim e deslizei um pouco pelo talude. Agarrei-me atarantado a um ramo e olhei para a ursa. Nada. Então, depois de algum tempo, de cócoras, à espera de qualquer movimento que me fizesse fugir, atrevi-me a atirar uma pedra, que deu em cheio no corpanzil espalhado da ursa. O animal não reagiu. Nem sequer o ritmo cada vez mais lento dos gemidos se alterou...

Parecia que, enfim, os meus sestércios estavam ao dispor. Mais uns passos rápidos e... Mas se a ursa, de súbito, se levantasse, cobrindo o sol, e desabasse sobre o meu frágil e estimável corpo? Não seria manha de animal predador aquela quietação, talvez a simular um estertor derradeiro?

Uma pedra grande! Um pedregulho! Desencantei um, esgaravatando com as mãos e deixando a descoberto um ninho de lacraus que correram para todo o lado, de dardos arqueados. Queria lá eu saber dos lacraus! Com dificuldade, peguei na grande pedra, ergui-a sobre os ombros e, devagar, tenso pelo esforço, fui-me chegando à ursa. À cautela, queria esmagar-lhe a cabeça com a pedra ou, pelo menos, deixá-la ainda mais atordoada.

O animal gemia baixinho, nas protuberâncias da boca desfaziam-se bolhas raiadas de sangue. Semicerrado, o olho que estava voltado para cima talvez me visse. Levantei o pedregulho o mais alto que podia mas... mas não fui capaz. Deixei-o cair no chão, com um som cavo, ao lado da fera, que nem se mexeu. Porque é que eu não fui capaz? Porque me dão estas coisas? Tinha a ursa Tribunda — terror da charneca — à minha mercê, poderia mais tarde vangloriar-me de lhe ter esmagado a cabeça e... houve qualquer estranho sentimento que me traiu. Poupei a ursa. Deixei-a agonizar à vontade. Corri o risco. Desvalorizei-me. Porque é que eu sou assim?

Foi com alguma melancolia que juntei os sacos de sestércios do optio, cheio de paciência para os tratos que tive de dar ao cadáver que, por essa altura, estava teso e rígido, pouco propenso para facilitar os manejos de um mortal buscador de pecúnia. E lá vim, ajoujado àquele peso, de costas doridas, joelhos hesitantes e pés bailadeiros, tropeça aqui, escorrega acolá. Demorei muito tempo antes de recuperar alguma alegria. Por respeito, dei uma grande volta, a uma boa distância da ursa que, agora reparava, tinha o seu covil precisamente no declive do talude, que trepei com muita dificuldade. Dois ursitos, de focinhos cobertos de terra, olhavam-me da abertura do seu refúgio, cheios de curiosidade...

Apesar do cansaço, do desgaste emotivo, da fome que me traçava o corpo, impôs-se-me logo uma ideia: porque não aproveitar para uma breve visita à tenda de Eládio?

Ao fim e ao cabo, talvez servissem para alguma coisa aqueles tordos torriscados, ao menos os ossos, e, além disso... quem sabe se... Tenho vergonha de explicitar o que me veio ao espírito e que pus imediatamente em prática, embora canhestra, arrastada e muito transpirada... Desviei caminho, penosíssimo caminho, para a tenda dos salteadores... Tudo estava na mesma, não havia mais ninguém, e os tordos, bem vistas as coisas, até nem me souberam muito mal. Depois, dediquei-me a uma sumária inspecção, sem excessos de minúcia, não fossem os outros bandidos aparecer com atitudes incomodativas...

Aquilo, à primeira vista, não era propriamente o palácio de Creso... Algum pouco espólio de artefactos de ouro e de prata, umas jóias da província envolvidas num pano, armas variadas e, passada a desilusão, debaixo de um tapete, o que é que eu descubro? Duas ânforas enterradas, cheias de moedas.

Deixei de lado os outros despojos dos assaltos. Os donos que os reclamassem, quando viesse a ocasião... Uns brincos, uma pulseira, uma cratera de mistura, frascos de perfumes são objectos pessoais, transportam sempre partículas do bafo dos primitivos donos. Agora, moedas... Há lá coisa mais prostituída, mais corrida, mais desumanizada que uma moeda? Considerei que tinha ali, merecidamente, a paga de todo o meu esforço e determinação. E vá de partir as ânforas e de espalhar as moedas que, entre as de ouro e as de latão, por toda uma complicada gama de ligas diversas, de regiões variadas, deveriam perfazer um montante risonho.

Rapidamente, com uma das armas encontradas, cortei um largo pano da tenda, envolvi nele os bornais, o meu saco, as moedas agora descobertas e fiz uma espécie de trouxa, maljeitosa, mas razoavelmente estanque.

Não se me afigurava sensato permanecer por ali muito mais

tempo. Arrastei-me, gemendo do esforço, tirando de rojo aquele trambolho excessivamente pesado para as minhas forças. Perseverei, perseverei... Descansando aqui e além, acabei por chegar à estrada, já o Sol ia baixo. O pior tinha passado. Teria? Sentei-me e fiquei à espera...

Enfim, uma carroça atroou as lajes da calçada. Era um velho escravo que regressava a Salácia, meio adormecido, quase a descair sobre o banco, rédeas abandonadas às mulas. Mandei-o parar e, nem sei como, ele obedeceu, resmungando:

— Se me vens assaltar é mau negócio. Não tenho nada. Sou um pobre escravo!

— Já vi que és um escravo. Leva-me a Salácia, anda!

— Eu estou ao serviço do meu amo. Porque havia de te levar? Quem és tu?

— Não me conheces?

O escravo fez um esforço, olhou para mim de soslaio, cuspiu e perguntou, desconfiado:

— Não és o filho do centurião primipilo que mora na calçada Aurélia?

— Ora aqui temos um espertalhaço dum escravo...

Preparei-me para subir, alçando à minha frente a descomunal trouxa de moedas, que se esbarrondava por todo o lado. O escravo, apesar de assistir ao meu esforço, nem esboçou um gesto para me ajudar. Ou lhe dera para a insolência ou estava pouco à vontade.

— Que levas tu nesse saco, ó jovem?

— Pedras de amolar.

— Ah, e o que é que faz o filho do centurião nestes ermos com um carregamento de pedras de amolar?

Fui terrível. A conversa já ia em muita confiança para um reles condutor de carroças e eu já estava solidamente instalado entre as tábuas duras que tresandavam a peixe.

— E desde quando é que um escravo se atreve a fazer perguntas impertinentes a um cidadão romano? E se eu te fizer conduzir ao pretório para umas chibatadas em regra, alegando desrespeito?

— As costas já eu as tenho num calo. Até dão cabo das correias das disciplinas... — resmungou o escravo.

Mas não disse mais uma palavra até chegarmos ao Calipo, que refulgia, avermelhado, aos últimos raios de sol. Apesar do desconforto, duns restos de fome, do horrendo fedor a peixe daquele carro, eu seguia numa sonolência agradável, semideitado sobre a minha trouxa de moedas. Ia feliz. E, assim, passámos sem novidade as portas de Salácia, quando as lucernas começavam a acender-se nas casas, as mães chamavam pelos filhos nas ruas e a canzoada entrava a afinar os gorgomilos para as ladradelas da noite.

Epílogo

E ficaria — acho eu — a história bem rematada com este melancólico lusco-fusco a envolver Salácia e a toar as suaves águas do Calipo, se após a minha chegada não tivessem ocorrido alguns acontecimentos que faço questão de relatar. Tem paciência, leitor, manda afastar o escravo que já te chama para a ceia, aproveita, tu, os últimos raios de sol que dardejam entre a folhagem e lê, complacente, embora apressado, o relato do que se passou entretanto.

Não fui incomodado pelos guardas da porta, e o escravo, sempre carrancudo, deixou-me ao cimo da calçada Aurélia em que fica a minha casa. Também desta vez não se deu à canseira de me ajudar a lidar com o meu pesado fardo.

— Espero que um dia faças alguma coisa por mim... Estou a juntar dinheiro para a minha manumissão — resmoneou, à laia de despedida.

— Está bem — respondi eu.

Lícia, estranhamente, não fez quaisquer reparos quando entrei em casa, arrastando a enorme trouxa. Limitou-se a alumiar-me até ao meu quarto, olhando-me com os olhos muito esbugalhados. Acomodei o fardo em cima da cama e, extenuado, dispus-me a dormir sobre os meus sestércios.

Lícia parecia, enfim, querer dizer qualquer coisa, mas eu já nem a via.

— Hum, amanhã conto-te — suspirou ela, desistindo, antes de eu rosnar um derradeiro: «Desaparece!!!»

Belo sono... Garanto e estou disposto a jurar em todos os altares que não há sono mais delicioso que o dormido sobre um milhão de sestércios. Se alguém aí não acreditar, que experimente e comprove...

Lícia abriu-me as portadas, muito tarde, pela hora sétima, um pouco antes do toque da sineta das termas.

— Queres que te faça a barba? Estás todo escanzelado...

— Agora usa-se a barba crescida — respondi eu.

— Sem autorização do teu pai? — E Lícia ria, muito descarada. Eu não estava disposto a dar-lhe mais confiança e ia atirar-lhe com qualquer coisa quando ela me avisou: — O Víscon tem aparecido por aí à tua procura! Diz que tem muita pressa.

E desapareceu pela porta, deixando-me, num escabelo, um prato com figos.

Contei e recontei o dinheiro. Não me enganara muito. Aquilo passava de um milhão de sestércios. Que aturdimento! Só depois me lembrei do recado do Víscon, que logo interpretei — obcecado que estava — como uma manobra púnica para me afastar do meu dinheiro. Passados uns maus momentos de ansiedade, comecei a raciocinar mais claramente. Víscon não sabia de nada, e não se me dava de averiguar o que ele me queria...

Escondi as moedas debaixo da cama mais uma vez (onde havia de ser?) e com bancos, uma mesa do triclínio e uma arca barriquei a entrada do quarto.

Depois chamei o palafreneiro, mandei-o sentar à porta do quarto, meti-lhe um decrépito dardo na mão e fiz-lhe um grande discurso:

Naquele quarto estavam guardadas ervas mágicas, altamente malignas e venenosas, que me foram dadas por uma feiticeira. Se alguém lá entrasse sem a minha presença poderia ser imediatamente fulminado por raios ou, na melhor das hipóteses, transformado em ouriço-cacheiro. Portanto, ele ficava ali de guarda com ordem de trespassar quem, chamasse-se Lícia ou não, tentasse sequer aproximar-se. Caso contrário, à mais leve suspeita de transgressão, com forma de homem ou de ouriço, mandá-lo-ia esfolar vivo...

Atemorizado e bisonho, o homem pareceu ter entendido a gravidade da situação e sentou-se, com um esgar feroz a entremostrar dentes afiados e escuros. Belo!

Corri para a taberna da Vénus Calipígia. Víscon saudou-me ao de leve e continuou a verter vinho, de ânfora para ânfora, virando-me as costas.

— Olha lá, repugnante fenício, impante de má-criação, que me querias tu?

Cheio de majestade, Víscon fez um grande gesto. Certificou-se de que não estava na taberna ninguém que nos pudesse incomodar e convidou-me a subir as toscas escadas de madeira para o sobrado que lhe servia de quarto. Ofegou, no cimo das escadas, limpou as mãos ao avental, que as deixou ainda mais sujas, e apontou-me solenemente o canto em que reluziam os dois sacos de couro que eu havia cobrado a Lentúlio. Estavam cheios, intactos.

— Mas que foi isto, Víscon, alguma brincadeira?

Infelizmente não tinha sido, explicou-me Víscon com gravidade. Aconteceu que a mãe de Promptínio aparecera, muito chorosa, a pedir-lhe por tudo que guardasse aqueles sacos, porque os magistrados, com a guarda da cidade, perseguiam o filho, erradamente suspeito do roubo de uma biga a um pobre liberto e alvo ainda de outras infundadas arguições que ela não enumerou. Não querendo ver o rapaz mais comprometido, desenterrou aqueles sacos de ao pé de uma figueira, antes que a Lei desse com eles. Tinha-os vindo entregar à guarda de Víscon por saber da sua extrema lisura, honradez e...

E, antes que Víscon continuasse com uma interminável teoria de auto-elogios, eu peguei nos sacos e desandei para casa, não sem primeiro o ter dardejado com um olhar severo. De certeza, a história era muito mais complicada, o próprio Víscon não estaria porventura inocente, mas, enfim, não era a altura de aprofundar... Medroso, muito avesso a inquirições da Justiça, Víscon tinha prevenido as complicações. Ainda bem...

E assim me vi eu rico. Nada disse ao páter-famílias, que regressou um belo dia de Olisipo, radiante por ter ganho o pleito, porque ele poderia por lei reivindicar todo aquele dinheiro para si. Acomodei antes um esconderijo conveniente, consegui aplacar a ira de Próculo entregando-lhe dissimuladamente algum dinheiro, mais a biga e a mula, e prometendo-lhe sociedade no tal empreendimento inventado de remessas de trigo para o Ponto, e dediquei-me, tranquila e sensatamente, a emprestar dinheiro a juros, às escondidas.

Tornei-me respeitável, sosseguei e agora estou um pouco adiposo. Devoro doces, regalo-me com bom vinho e deixo-me untar com óleos perfumados e massajar longamente nas termas. Vou esperando... O pai não viverá sempre... O problema é esta incerteza funesta dos tempos que correm...

Ah, em Miróbriga fizeram uma pequena estátua do optio. É considerado um herói. Dizem que o militar matou a ursa Tribunda, e mais quinze ladrões que a fera — dotada de poderes sobrenaturais — comandava, antes de sucumbir ao número, após um combate homérico, que fez tremer o chão. Os magistrados até evocam aquele exemplo nos seus discursos.

Quando passar por Miróbriga, deporei uma coroa de louros no monumento. Haja respeito pelos falecidos, para mais, heróis...

O conde Jano

Esta história baseia-se num antigo rimance popular. Nos romanceiros de Garret e Teófilo encontram-se várias versões, com nomes diferentes: «Conde Alberto», «Conde Alves», «Silvana», «Conde Alarcos», «Conde Yanno», «Conde Iano», etc...
Preferi chamar-lhe «O conde Jano».

MdC

Vinde com Deus, meu bom conde,
Vinde com Deus, fidalguia...

Mal o Sol começou a querer pôr-se, um sargento e poucos homens de armas, de festivo brial escarlate sobre a cota de malha, brunida para a ocasião, atearam brandões nos fogareiros do pátio e, marchando em boa ordem, foram alinhar compostamente na esplanada fronteira às muralhas. Pela hora, tocavam os sinos longe as últimas ave-marias, num dobre alongado que rolava melancolicamente na humidade convulsa da aragem.

Não fora consentido aos homens o resguardo duma capa que lhes ocultasse o luzimento das armas, razão por que batiam os pés com o frio, num áspero entrechoque metálico. Derivava o claror dos archotes ao som das tremuras, descobrindo, em relances picados, aqui o reflexo de um morrião, ou de uma alabarda, além o vigamento de uma casa, o trejeito de espanto de um peão, ou a rugosidade pedrosa do solo.

Mendigos e vilões apinhavam-se ao perto, a respeitosa distância dos contos das lanças, e juntavam o burburinho da multidão aos sons dispersos, álacres, que vinham do castelo. Pelas portas abertas, à luz vermelha dos brandões, viam passar, esquartejados, caminho das cozinhas, os despojos da caçada dessa manhã e almejavam a partilha, ainda distante, das sobras do festim, que não havia bocas fidalgas que dessem conta de tanto cerdo e tanto veado...

Embaixadores, validos e cavaleiros encontravam-se por ora reunidos nos aposentos que lhes foram destinados e alardeavam proezas de agreste montaria, enquanto se ataviavam para descer ao salão.

Dos adarves, ouviam-se distintamente a vozearia e risos dos fidalgos e o tinir das armas que se recolhiam para dar lugar aos brocados e escarlatas do Oriente que se envergavam, qual mais lustroso e garrido.

Instantes atrás, surdida furtivamente de uma porta de serventia, a infanta, acompanhada de duas aias, percorrera o caminho de ronda, ante a estupefacção das atalaias, e fora postar-se no escuro, muito quietamente, junto a uma das seteiras que enfiavam o terreiro. Ao besteiro que se curvara à sua passagem, bisonho e escuro, a princesa ordenara, baixo:

— Vai-te daqui!

E o homem, num ranger espesso de couros e ferros, afastara-se para fazer companhia a um grupo de soldados na plataforma de uma torre distante, onde luzia um fogo.

Mal sentada num socalco de pedra, encostada às cantarias húmidas, a infanta tiritava de frio. Por entre as vozes dos homens lá em baixo, o ladrar dos mastins e o bulício solto do castelo, sobressaía naquele lugar a sua tosse, intermitente e seca.

Uma das aias desapertou o manto e aconchegou-o aos ombros da infanta, que nem se voltou para agradecer. De mãos fincadas no rebordo das ameias, olhava para fora, fixamente, com uma atenção que deixava excluído tudo o que não fosse o único ponto dela.

Largo tempo decorreu, a multidão acrescentou-se, ondularam vozes e rumores, tropearam cavalos. Impacientes, as damas trocaram olhares, afeiçoadas já à escuridade do sítio, menos conformadas com a frieza dele, que melhor estariam ao lar, nos grandes salões, entre galanterias e cortejos. De novo os sinos repicaram, e a princesa não se movia...

Tardou, tardou, antes que, em crescendo surdo, se alteasse às ameias o murmúrio da turba, mais e mais levantado. Só então, a mão da infanta, muito branca, procurou e apertou com força a mão de uma das aias.

— É ele! — murmurou, sumidamente.

Já lá fora rompia sonoro o clamor e estralejavam os aplausos:

— É chegado o conde Jano! Alas ao conde Jano que veio da Cruzada!

Quase fazia doer aquela fincada mão da princesa, que não deixava de apertar. A aia suportou a pressão, mordendo ao de leve o lábio, mas não resistiu, como a outra, a debruçar-se e a procurar distinguir pormenores.

Luzida cavalgada lá vinha, trotando, em composta procissão de archotes. Gentis-homens, resplandecentes de atavios e de armas, traziam entre si o conde Jano, que haviam esperado muito além, por caminhos desviados, numa menagem reverencial ao cavaleiro cruzado. À luz incerta dos fogachos, sobressaía, no peito do conde, a cruz, de vermelho-vivo, sinal dos merecimentos de sacrifício e de bravura em areais longínquos.

Não delongou muito o cortejo. Com um suspiro, a princesa abrandou a tensão com que apertava a mão da aia e largou-a, enfim, magoada. Do lado de dentro do castelo, vinham agora os rumores dos cavaleiros a desmontarem. Foi-se sumindo o rumorejo da multidão vilã. Sobravam apenas, arrepiantes, os gritos dos mendigos. A princesa, devagar, levantou-se e devolveu o manto à aia.

— Vamo-nos — disse.

Entrei pelo paço dentro
Fazendo mil cortesias...

As três mulheres percorreram escadas e corredores, escuros e lúgubres, que lucernas de azeite, meio sumidas, dispostas nos vãos de seteiras, mal davam para alumiar. Um criado, entre duas portas, saudou a princesa e, sem ousar dirigir-lhe a palavra, segredou qualquer recado a uma das aias:
— El-rei que manda saber parte de Vossa Mercê... — explicou a aia.
— Que prestes me recolho... — respondeu a infanta.
Esperaram que o homem se afastasse, curvado ao peso do respeito e da idade. Depois, com surpresa das aias, que num desencontro de gestos e restolho de saias logo a seguiram, a princesa encaminhou-se para o salão.
À medida que progrediam pelos corredores, vinham mais nítidos os acordes dos alaúdes e mais sonoras as gargalhadas dos convivas. Mas a infanta não endireitou para a porta do grande salão. Dobrou à direita, por uma passagem estreita, e chegou

a um cubículo, pouco maior do que um nicho, que uma tapeçaria, gasta e pesada, separava da festa.

Eram recantos que só ela conhecia, de quando em criança calcorreava os passos soturnos do castelo em temerários jogos de escondidas. Também Jano conhecera porventura estes refúgios. Mas a infanta estava lembrada; Jano, não.

Por uma fresta da tapeçaria que alargou com os dedos, a infanta espreitou. Não demorou muito que vislumbrasse Jano, num grupo de conversa, a meia distância. Depois, alguém se interpôs entre a tapeçaria e Jano, deixando-lhe ao olhar apenas a agitação confusa de escuros gestos.

Encostada à parede, a infanta crispou os punhos de impaciência. Sentiu um espasmo no peito e abafou com a mão a tosse que já a queria trair. Lentamente, pelo caminho esconso, veio reunir-se às aias, que a esperavam, impacientes, quase aflitas, à entrada do salão.

A princesa travou uma delas pelo braço, teve um pequeno soluço e sussurrou-lhe ao ouvido:

— Ide chamar o conde Jano!

Depois afastou-se pelo corredor, com a outra aia no encalço. Silenciosamente, entrou na sala abobadada do trono, a esse tempo abandonada, com o negrume das sombras apenas perturbado pelos tons avermelhados de um tocheiro, e foi no trono de alto espaldar que se sentou. Compôs a saia e ficou-se a esperar, muito direita.

Chorava a infanta, chorava,
chorava e razão havia...

Quando, no corredor, ressoaram passos abafados de borzeguim, a infanta fincou as mãos nos braços do trono e fixou ansiosamente a porta, onde sobressaía agora a figura parada de Jano, contra o difuso claror que vinha algures de fora.
Por uns momentos, o cavaleiro manteve-se junto à ombreira, hesitante, afeiçoando os olhos à tonalidade de luz. Por detrás, discreta, perpassou a saia da dama que o acompanhara e que não ousou entrar na sala do trono.
Depois Jano sorriu, largamente. Num arranque decidido, aproximou-se e dobrou o joelho.
— Senhora, o que eu folgo de vos rever...
A infanta passou, de ligeiro, a língua pelos lábios, recostou-se mais no espaldar e censurou, ainda num balbucio:
— Nem me reconheceríeis, senhor conde, não fora o meu estado e condição de me sentar neste trono... — Logo a voz se lhe clareou e se fez mais sonora, num tom monótono e desprendido:

— Perdoai não estar eu presente nos festejos, mas sendo mulher, e de paz, não me cumpre celebrar os feitos de guerra...

— Muito me honrastes, senhora, que mais não fora chamando-me e tendo-me na lembrança...

— E que lembrança foi a vossa de mim, lá nas terras de descrença por onde andastes?

— O castigo dos infiéis e a fé desagravada tanto me enchiam a alma que, a meu pesar, não cabia lugar a mais remembrança.

A aragem que vinha das janelas de quando em quando revoluteava em sopros breves na chama do tocheiro, chantado na cantaria, ao lado esquerdo da princesa. A face do conde, respeitosamente descaída, ora flamejava de reflexos avermelhados, ora mergulhava na negridão, mas parecia sempre à infanta, tomando a evocação do passado pelo momento presente, que aqueles olhos azuis eram sempre azuis e que nela fitavam sempre.

— «O castigo dos infiéis, a fé desagravada...» Mais lembrais a filha do rei que vos governa que a dona que vos estima?

O conde não encontrou resposta. Desabou-lhe a face, confundida, sobre a cruz vermelha do brial. Houve um instante de silêncio e de incomodidade. Teria a infanta mais que dizer, mas um qualquer sentimento de urgência inesperado e avassalador levou-a a inquirir, num repente:

— Dizem que vos casastes...

E o conde respondeu, feliz pelo fim da interrupção:

— Assim é, senhora, casado venho da Hungria.

De novo o silêncio se fundiu nas sombras, apenas aqui e além arrepelado pelo sopro do fogo que ardia na tocha. A infanta estremeceu num sobressalto breve de tosse. Demorou algum tempo antes que, amarga, admoestasse:

— Tanto que me prometestes, conde... Tanto que me faltastes...

— Passaram anos e anos, senhora... Tanta guerra, tamanha distância...

— Também por mim passaram, Jano... — atalhou a princesa, magoada. E, após, num tom enérgico, seco: — Ide-vos, conde, em boa hora...

O conde quis replicar, desfazer a prontidão da despedida. Titubeou, mas a infanta não lhe deu ocasião de continuar.

— Adeus, conde!

Vendo sair o cavaleiro do salão, a aia, que aguardava perto, entrou e, muito de mansinho, achegou-se à infanta. Ao notar o brilho das duas lágrimas que lhe corriam pela face, a moça, num acesso de ternura, tomou-a por um braço, querendo ampará-la. Mas foi repelida...

Que tens tu, querida infanta,
Que tens tu, ó filha minha?

A manhã tombou enevoada e parda. Sórdidos e mais descompostos se fizeram os vestígios da festa, com o cinzento do dia a entristecer os sinais das alacridades de ontem: um cálice tombado a um canto, restos de comida, a descaída mão dormente de um retardatário estirado num banco, o desatino caótico de baixelas e lixos...

À maior parte dos cavaleiros, recolhendo-se a suas terras, fustigaram-nos os aguaceiros, sendo que a blandícia da aurora não quis mostrar-se e aprazer. Obrigados a recato debaixo de frondes ou a breve boleto em choupanas de servo, maldisseram o destempero, enquanto se dissolviam os eflúvios do vinho e do hidromel.

No castelo, aos restos do festim, vieram juntar-se os corrupios de águas que investiam pelas janelas, estrondeavam nas seteiras e se precipitavam, vomitados pelas gárgulas, em vascolejos de ameaça.

El-rei era velho: levantou-se cedo e cedo assistiu, de uma

sacada, ao despenhar das águas, que crepitavam forte na terra e quase queriam vergar as árvores do jardim. Boa ocasião era para sossego e meditação, bem azada e aconselhável aos soberanos, não fora o aparecimento agitado de duas mulheres, que dobraram ao fundo a quina da parede, em grande espavento de gestos, e depois se aproximaram num correr saltitado, antes de ajoelharem com desatenta compostura. Cruzou el-rei os braços e esperou.

— Senhor, a infanta não dormiu toda a noite e toda a noite gemeu...

— Acorrei, meu senhor, que mui mal está...

Nunca fora saudável aquela filha do rei. Temera-se ele sempre das suas cores macilentas e da tosse mofina que persistia em sacudir-lhe os ombros magros e encurvados. Energia pressentia-lha apenas na mobilidade do olhar e na rispidez das decisões. Em criança, chegou a crer que não vingaria, tantos os achaques que por dias fiados a retinham no leito. Valeram-lhe as missas e as rezas, mais que o cuidado dos físicos, que nunca se entendiam com a origem dos males.

Mandou que chamassem o médico e, a grandes passadas, endireitou ao quarto da infanta, espantando com um sinal ríspido a gralhada das damas que lhe torvelinhavam no encalço.

A princesa não estava deitada. Sentava-se numa esteira, entre coxins, perto da janela, observando a poalha cinzenta das águas que cabriolavam no parapeito. Soergueu-se ligeiramente à entrada do rei, que não a deixou levantar-se, antes se encaminhou para ela, tomando-a pela mão.

— Então, minha filha?

— Há-de passar, meu pai...

— Chamei os físicos...

— Não é caso de físicos, senhor...

A princesa circunvagou os olhos em volta, deitou a cabeça para trás e suspirou. Depois, brusca, fitou o rei de frente e condoeu-se da ansiedade que lhe marcava todas as rugas do rosto. Passou levemente as costas da mão pela barba do pai e murmurou, subtil:

— Mal de soledade, meu pai...

O rei estranhou a resposta. Sentou-se perto da infanta e, com um gesto, fez desandar a roda de açafatas, mais gulosas daquela conversa que chegadas ao cuidado da sua ama.

— Soledade escolheste-a tu, que em boa companhia estarias hoje, se não tivesses recusado quem bem sabes...

— Arrenego de pretendentes que falam línguas que não entendo e cortam enviesadamente o pão, quando tenho bem perto e em minha terra quem antes me prometeu esponsal.

Ergueu-se o rei, a pensar naquele desabafo. Não sabia — e competia-lhe saber por mor da qualidade de pai, quando não bastasse a de soberano — de promessas que alguém se atrevera a fazer a sua filha. Promessas sempre inválidas, não tendo o seu aval de progenitor e beneplácito de rei. Mas o único nobre do reino de qualidade para poder aspirar à mão da princesa seria...

— Pai, eu quero o conde Jano!

A infanta gritara, as mãos juntas, cerradas, fincadas na saia. De olhos muito abertos, inclinada para diante, fixava o pai, desafiadora:

— Eu quero o conde Jano!

Falando muito depressa, atropelando as palavras, a infanta contou como o conde e ela brincavam em criança nos jardins, como repetidamente se haviam beijado, e mostrou o lenço de seda vermelho que trazia sempre consigo e que o conde lhe ofertara em arras antes de partir para a Cruzada, entre juras, abraços e suspiros.

Mas o rei já não a ouvia. Encostado à parede, procurava dominar-se, antes de deixar irromper a indignação:

— Credo, senhora, calai-vos, que casado é!

Insistiu a princesa. Atalhou o rei:

— Blasfémia, senhora, que casou na Hungria e é pai de filhos! Melhor seria que vos lembrásseis de quem sois do que de promessas de menino que os tempos levaram. Não espero vileza de uma filha minha. Em nome de Deus vos rogo, senhora, que me não torneis com esse desconcerto!

Mas a princesa ergueu-se e cresceu, rígida, de punhos cerrados, enfrentando o velho:

— O conde Jano, meu pai, que morro...

Saiu tão irado el-rei que quase atropelou o físico, que chegava, encharcado, com o moço atrás a carregar-lhe o saco das tisanas...

*Eis manda chamar o conde
da sua parte e da filha*

Os três monges vieram-se chegando ao castelo ao passo arrastado das mulas. Com a facilidade de breves palavras passaram a guarda e entraram no pátio empedrado, onde as ferraduras ecoaram, chispando nas lajes. Os dois mais jovens desmontaram e ajudaram o velho, de pé incerto no estribo e embaraçado pela corpulência, a descer da sela. Ampararam-no por debaixo dos braços e com esforço o pousaram no chão. Depois prenderam as azémolas, afastaram-se para um canto e aguardaram, de capuzes tombados sobre os olhos.

O velho ofegou a subir escadarias ásperas e parou para respirar em todos os patamares. Conhecia bem a casa. Salvo as detenças para recobro de fôlego, não precisou de hesitar ou perguntar algo. Foi resfolegando do cansaço que se inclinou perante o rei e se teria prostrado se este houvera consentido.

Tinha uma cara larga, grosseira, de beiços espessos e descaídos sobre a barba descomposta e grisalha. Mas os olhos pardos, moventes e ainda com o brilho de outrora desmentiam aquela aparência de campónio em hábito de monge.

O rei insistiu para que se sentasse num mocho, quebra de protocolo que apenas lhe atendia à idade e à fadiga. Como lhe cabia, o velho soube espantar-se, soube recusar, soube mostrar-se grato, antes de se deixar cair lerdamente sobre o assento, esperando, de cabeça baixa, que el-rei lhe comunicasse o motivo daquela inesperada convocação.

Inerte, impassível, ficou a saber que a princesa exigia o conde Jano, definhava por ele, e el-rei temia-se e esperava conselho. O rei falara comedidamente e nada deixara transparecer da ira de antes. Mas a inquietação do cristão e a ponderação do soberano haviam sido manifestamente arredadas pela ansiedade do pai. O velho monge, no seu jeito descaído e sonolento, logo entendeu que el-rei não precisava de conselho, mas de fiador...

— E a condessa? — foi perguntando.

O rei não respondeu.

O frade fingiu perturbação e entrou em circunlóquios:

— Nem sei que diga, meu senhor... eu sou um pobre homem de Igreja...

— Do religioso não careço! Hei confessores que me bastem... Quem eu chamei foi o meu antigo ministro e dele quero opinião!

Estavam cumpridos os prolegómenos e salvaguardadas as aparências. Pesando bem as palavras, o velho cortesão, então, expôs:

— A felicidade dos príncipes, meu rei, tem boa conta na felicidade dos povos que é a razão de ser do múnus que Deus lhes confiou e em Seu nome exercem.

»Sendo caso, valerá sacrificar uma vida para alcançar a felicidade da infanta, pois assim se pouparão muitas outras que sucumbiriam à infelicidade dela, que seria sempre má conselheira de imponderações e de injustiças.

»E mais, senhor, não direi, a não ser que encontrareis quem vos absolva, se cometerdes agora um torto, para prevenirdes, no futuro, mais direito...

Já os três frades, ao passo ronceiro das azémolas, rumavam para o convento, tomando o caminho que, ainda à vista das muralhas, circundava um antigo roble para se perder entre barrancos pedrosos, quando três cavaleiros, pesadamente armados e rebrilhantes de ferro, despediram a trote largo da porta de armas noutra direcção: eram o sargento e mais dois soldados, que levavam pressa.

Inda agora vim do paço,
Já el-rei lá me queria!

Pelas horas da tarde, dormida a sesta, o conde Jano convocara os dois filhos para o seu terreiro, como de habitual, e adestrava-os no manejo de armas, que lhe era mais vezado a tirocínio de cavaleiros que os latinórios do padre-mestre, uma vez mais desempregado e relegado à conversa sonolenta com a condessa, que bordava, à sombra da torre negra da mansão. Estavam os gaiatos bem acolchoados de burel e estopa e arremetiam com espadas de pau contra o conde que, rindo, lhes aparava os golpes com um broquel e lhes trocava as guardas com uma vara. Seguir-se-ia, na ordenação costumeira, o lançamento de arremessões contra o estafermo de palha, já muito ferido e desentranhado de anteriores assaltos, que oscilava, pendurado de um galho. Perto, um servidor ancião amparava a magreza a um feixe de dardos e ao grande escudo de campanha, de que pendia, com cintura, a espada do conde, para os jogos que fossem requeridos.

Nisto, a condessa suspendeu o riso e olhou para mais além, no que foi acompanhada pelo padre.

— Jano!

O conde largou o broquel, afastou as espadas de pau, abraçou os filhos, pondo fim à contenda, e olhou na direcção que a mulher apontava.

Três homens armados, a cavalo, desciam o declive em frente, cortando por entre o mato. Por instantes, o grupo familiar assistiu à progressão, em silêncio. A condessa chamou os filhos para perto, e Jano acercou-se do criado que tinha o escudo e a espada.

Quando o sargento de el-rei chegou à fala e saudou, o conde deu um passo em frente e esperou, de braços cruzados.

— Mandado, senhor cavaleiro, de virdes como vos encontrardes, que el-rei vos quer consigo.

— Ainda não há uma semana que prouve a el-rei deixar que lhe prestasse menagem...

Debruçado sobre o arção, o sargento fez um gesto de evasiva indiferença e insistiu, com voz rouca:

— Mandado de el-rei, senhor...

Jano hesitou. Estava intrigado e desagradava-lhe a reserva impositiva do plebeu. Mas não quis contrariar o sargento, em atenção a quem o mandava. Ordenou que lhe selassem o cavalo e, em tom de desforço, disse, alto e bom som:

— Não comparecerei a el-rei coberto de estamenha. Esperai lá!

O sargento resmoneou em voz baixa, enquanto Jano lhe virava costas e entrava em casa.

— Era para virdes como vos encontráveis, senhor conde...

Mas encolheu os ombros, recusou, com um repelão, a ajuda de um criado que lhe quis segurar o cavalo e manteve-se sobre a sela, enquanto Jano demorava a compor-se e a vestir o brial de cruzado, acompanhado pela condessa, inquieta no semblante e nos gestos.

— Jano, Jano, que vos quererá el-rei, tão de súbito?

— Conselho, ou partida de caça.

— Não são precisos três homens de armas para citar um cavaleiro...

— Os reis dispõem como entendem seus mensageiros...

À saída, ostensivamente, Jano tomou a espada e cingiu-a, olhando de frente para a escolta, muito desafiador. O sargento não reagiu. Deu meia-volta e foi desandando, adiante.

Que quereis, real senhor?
Vossa alta senhoria?

El-rei estava na torre de menagem e, pensativamente, contemplava o seu reino de uma janela que sobre ele deitava. A perder de vista, até às montanhas rosadas que sustinham o mar, era um tabuleiro revolto de leiras cultivadas, extensões sombreadas de bosques, sulcos de ravinas e montados, negrumes de matagais imensos e medonhos. Muito ao longe, a torre de um mosteiro, de ameias pontudas, impunha-se sobre agros elaborados e serenos. Mas a dois tiros de besta, para além do burgo de casebres de pedra mal-amanhada, cobertos de colmos apodrecidos, já se eriçavam as urzes da coutada escura, abrindo a um matagal de floresta cerrada, onde, pelos dias, eram senhores os ursos e, pelas noites, campeavam as encantações dos rochedos e das árvores, único desafio conhecido ao poder do rei, que não tinha leis nem validos que pudessem com ele.

Não se moveu el-rei quando Jano se anunciou e se ajoelhou a seus pés. Desejando, no íntimo, estava que o conde nunca mais chegasse. Não lhe deu para entrar logo no discurso que desde há muito vinha aparelhando, porventura inspirado pela contemplação dos seus domínios, em que o solar de Jano figurava um ponto mal discernível na paisagem.

Lento, cofiando a barba, acenou ao conde para que se levantasse. Encarou-o, infixamente, por um instante. Depois, inquiriu em voz incerta:

— Sabeis, conde, as agruras que sofre um rei para entregar em boa ordem, a quem Deus assinalar, a terra e o povo que confiados lhe foram pelo mesmo Deus?

— Eu, senhor, pobre de mim, pouco mais sei que de montarias e fossados, e o que baste dos Sagrados Textos para salvação de minha alma...

— Quando Nosso Senhor for servido convocar-me, será a infanta rainha e terá de se valer, sem meu conselho e amparo... ou o de outrem que lhe mereça estima e fé... — O rei suspirou, passou em frente do conde, que se mantinha de cabeça baixa, num silêncio embaraçado, e sentou-se a uma mesa de madeira tosca que ocupava o centro da quadra. Durante uns instantes, pareceu meditar, com a cabeça entre as mãos. Depois, num assomo de coragem, procurou, em voz já firmada: — Que faríeis vós, conde, pelo vosso rei?

— Tudo o que tenho vos pertence, meu senhor, e se mais pudera acrescentar, depois dos trabalhos que passei, a bem de vosso nome e de vossa fortaleza...

O rei deu uma punhada com força na mesa e ergueu-se, ameaçador. Instintivamente, Jano recuou. El-rei agora, descomposto, gritava:

— Cavaleiro que assim fala e deixou incumpridos votos que fez!

— Eu, senhor?

— Eu tive prometido um genro e ora me vejo com filha solteira e desamparada!

Jano encolhia-se, siderado e cheio de temor. Não se recordava de promessas que houvesse feito, nem se contava entre os merecedores da ira do soberano. Não quis contrariar o rei e arriscou, balbuciando:

— Se foram promessas de menino... tão remotas e desarrazoadas...

— Um filho de algo não se acoita em foros de menino. Inferioridade que tem sobre o vilão... Houve promessa firme que não foi mantida, senhor cavaleiro!

— Senhor rei — respondeu Jano, depois de pouco pensar, e confusamente, porque a surpresa lhe era má conselheira: — Senhor rei, aqui me tendes, e se vos agravei em má hora...

O rei interrompeu, impaciente e sanhudo:

— Hora é mas é de manterdes o que ousastes prometer!

Jano fechou-se em si e hesitou num gesto qualquer, indeciso, atabalhoado. Não queria acreditar no que ouvira. Procurava encontrar uma fórmula hábil e cortesã de esclarecimento, quando o rei, secamente, peremptoriamente, lhe cerceou toda a dúvida:

— Ordeno-vos que desposeis a minha filha e vossa infanta!

— Credo, senhor, que casado sou!

Entrou em tropeada o coração do conde e, por instantes, as paredes pareceram esfumar-se-lhe em volta. Quase não ouviu a voz do rei, no entanto bem sonora e articulada:

— O que em desassiso fizestes, justiça real desfará. Casareis com minha filha!

Lívido, meio desfalecido, encostado ao granito rude, o conde ouviu o rei bater as palmas e, logo a seguir, um rumor de passos ferrados que subiam a escada. O sargento entrou. Com uma vénia, depôs uma bacia dourada sobre a mesa. Saudando, logo se retirou, fazendo ressoar pelas voltas da escada o tinir das esporas. Jano, assombrado, deixava oscilar a cabeça, numa negativa muda. Então, apontando para a bandeja que faiscava, aos raios de sol que vinham de fora, bradou el-rei que naquela bacia de ouro lhe trouxesse o conde a cabeça de sua mulher!

Rebelou-se Jano, levando, por instinto, a mão ao punho da espada.

— Senhor, que nunca tal faria...

— Antes que a Lua mude, cavaleiro...

De mão na anca, o rei deu um passo em direcção a Jano, que, atemorizado, recuou. Deixando descair os ombros e os braços, num desalento, murmurou, em voz frouxa e lamentosa:

— Meu senhor, suplico-vos... Eu nunca seria capaz...

Mais se agigantou o rei para Jano, falando-lhe agora quase barba com barba:

— Capaz fostes de mentir e de prometer à falsa fé...

Bem se ajoelhou Jano e quis beijar os pés do rei, bem se contorceu e se humilhou, desfeito em lágrimas. E foi num impulso que, levantando os olhos marejados, mal equilibrado sobre um joelho, perguntou lastimavelmente:

— Porque não mataríeis vós a condessa, senhor, que tendes tanto soldado e algoz?

— Dela não hei algum agravo — volveu el-rei. — Mas a vós e vossos filhos não pouparia, sendo caso de deixardes de cumprir uma ordem minha. A vós, por desobediência e felonia; a eles, para não restar semente da traição...

Ríspido e adunco, o dedo do rei apontou a bacia de ouro reluzente, que valia mais que um senhorio grande, com seus agros e castelos, gado, alfaias e armarias. Curvado, Jano recolheu-a e saiu, trôpego.

Sumidos os ecos descompassados do conde na escada, deixou-se el-rei cair prostrado, sobre a mesa. E dizem que não foi de somenos o que nesta ocasião se escarmentou...

Indo o conde para casa,
Mui triste, sem alegria...

O deambular de Jano levou-o ao claustro ajardinado, em que tanta vez brincara em criança, quando seu pai vinha a el-rei, em menagens e alardos. Sem dar por isso, absorto, passou por servos e soldados que não ousaram tolher-lhe o curso. Não sabia que, de uma janela, a infanta o observava agora e lhe seguia, com ânsia, todos os gestos. Especado a meio do jardim, grotescamente, com a bacia debaixo do braço, tentou concentrar-se, rememorar qualquer coisa, preparar uma frase...

Inesperadamente, arremeteu por uma escada, mas ao segundo salto foi travado por dois soldados, que lhe cruzaram em frente alabardas firmes.

— Senhor conde, não!

Jano fincou a mão livre nos contos das armas e quis afastar os homens, com fúria e espalhafato.

— Não hei-de eu ver a senhora infanta? — bradava, forcejando contra os peões, que o sustinham com dificuldade.

Nisto, uma aia surgiu por detrás dos dois homens, ao cimo

da escada. Tinha-a enviado a infanta, muito à puridade, a ver o que requeria o conde.

— Senhor conde Jano, tende! Que é desacato a el-rei!

— Ide dizer à senhora infanta que muito mister hei-de a ver e falar-lhe de um assunto.

— Aguardai, então, sereno, como compete a vossa posição e estado...

Recolheu-se a aia e apressou o passo, de saias arrepanhadas, dobrando esquina após esquina. A meio caminho, já se precipitava a infanta na sua direcção. Assistira à cena de longe, ouvira distintamente o conde, mas a razão, com esforço, tomara-lhe o governo do sentimento. Arquejando, segredou o recado, que a aia daí a pouco transmitiria a Jano:

— Manda dizer a senhora infanta que não há-de receber-vos enquanto não houver bom despacho de certo negócio que confiado vos foi.

Desta vez, Jano não resistiu. A espera mitigara-lhe o ímpeto e a fúria. Caíra em si... Voltou costas aos soldados, já reforçados com mais homens da guarda, desceu o lanço de escadas, cabisbaixo, e dirigiu-se à porta do castelo. A princesa, então, perdeu-o de vista e suspirou.

Um servo do castelo esperava-o, com o ginete prestes. Mas Jano não montou. Arrastou-se pelo povoado, de cavalo pela arreata, e foi bater à porta do bispo, que não ficava longe. O prelado recebeu-o de imediato, honrado com a valia da visita e intrigado por aquela bacia de ouro que o cavaleiro distraidamente trazia consigo. Seria cumprimento de promessa? Oferenda de preitesia? E dispôs mesa e doces, que não era todos os dias que um grande senhor o demandava, assim, humildemente, sem escolta nem luzimento. Logo se lhe desfez o sorriso, quando Jano, suplicante, lhe contou ao que vinha e requereu o amparo da Santa Madre Igreja.

Havia que ponderar, congeminava o bispo: não estavam as coisas azadas para antagonismos com o rei que reinava; nem se propiciassem as coisas a desaguisados futuros com aquele que, afinal, poderia vir a reinar, por via de casamento, esdrúxulo que ele fosse.

O bispo optou por juntar as mãos e despender um longo discurso, muito torneado, no qual, com especiosidade retórica e cópia de citações, de permeio com declamações exaltantes da fé e prometedoras de misericórdia — em que se insinuavam expressões denotadoras de um medo visceral a el-rei —, apelava à paciência e bom siso de Jano.

Insistindo o conde, pediu o bispo tempo para necessárias e delongadas consultas que, pelos termos do assunto e pelos protagonistas dele, haviam de passar por Roma, ou então por muito perto.

— Aqui vos deixo esta bacia, senhor bispo, bom arremedo da de Pilatos, para lavardes as mãos, como vos cumpre! — rematou desprezivamente Jano, antes de se retirar sem vénia nem preceito.

Da torre, a infanta viu o conde cavalgar a toda a brida, numa mó de poeira, pelo caminho afora, até rasar bosques e arvoredos.

Mas já não o distinguia quando, esmorecido o ímpeto e arrastado o passo, curvado lamentosamente sobre o arção, uma patrulha o interceptou e lhe devolveu a bacia dourada.

— Mandado, senhor cavaleiro, de entregar o que esquecestes...

Tira-me já destas ânsias,
El-rei o que te queria?

— Bem cismava eu, Jano, que, pelo bem que te quer, el-rei te haveria de fazer grande honra e galardão e a prova é esta bacia de ouro, que outra tão valiosa jamais vi...

E a condessa, rindo, remirava a sua imagem na bacia luzente, afeiçoava as tranças longas ao brilho do ouro, saltitava e corria, dispondo o artefacto já sobre esta arca, já sobre aquela mesa, já onde melhor resplandecesse e fizesse estado.

Sentado ao lar, num escabelo alto, Jano nada dizia e alimentava soturnamente o fogo que, de tanto e tão continuado pasto, já estrepitava, enfumarado e alto.

Terno, um alão viera colocar-lhe a cabeçorra nos joelhos, e Jano afagava-o, distraidamente. Nada queria ouvir do grulhar da condessa e incomodava-o aquele rodopiar gaiteiro de alegrias vãs. Mas a esposa anunciava, de face radiante e sorriso de mimo:

— Por cima do lar, que bem que fica. Diz, Jano, se já alguma vez viste...

Jano afastou o animal com bruteza, agarrou na bacia e atirou-a ao chão, com espavento e grande ruído de metais trilhados. A condessa soltou um grito, de mão em boca, e precipitou-se para a bacia, tentando alisar as desencontradas mossas. Tanto empenho e força aplicava que nem reparou que Jano voava pela porta fora.

Até tarde procuraram os criados pelo senhor, que não vinha para a ceia. Sombria e inquieta ceou a condessa com os filhos. Ainda que esbarrondada, fazia efeito a peça de ouro, rebrilhando sobre a mesa, a ponto de a condessa não desviar dela os olhos, mesmo chorosos. Chegada a altura de deitar as crianças, deitou-se também, à espera.

Como quer que o sono, renitente, começasse a tomá-la, sobressaltaram-na arquejos e ruídos abafados que vinham de fora. Acudiu à janela. Ia a Lua alta e alumiava todo o terreiro, definindo com precisão o perfil das coisas, mas deixando-lhes intocados os mistérios de dentro.

No eirado que servia as liças, o conde Jano arremetia contra um fantoche de palha, pendente de um ramo. E tamanhas cutiladas desferiu de insana fúria que o boneco se foi desarticulando e rompendo, entre os protestos do corpo reviroteado. Já apenas sobrava, em solturas caprichosas, a corda que sustivera o manipanso à árvore, e ainda Jano espadeirava em roda, levantando nuvens de palha e ferindo de talhes secos o tronco da velha oliveira.

A condessa estremeceu, debruçou-se, mas logo reteve o chamamento. Qualquer insólito furor tomara conta de Jano, que já se mostrava indisposto e descomedido nos gestos desde o regresso do castelo. Antes o descarregasse contra os estafermos de treino que de outra feição mal azada e de portas adentro...

Mais por sensatez que por fraqueza de ânimo, correu a deitar-se quando o conde desistiu dos arremessos e, curvado, de espada a arrastar por terra, entrou em casa. Dentro em pouco subia ao leito, muito em silêncio, e ninguém sabe se alguém ali dormiu até que o falsete rouco dos galos apregoasse a alba.

Foi-se embora o conde Jano,
Muito triste que ele ia...

Aos primeiros sinais do dia, deslizou Jano, muito de mansinho, para fora do leito. A mulher, aparentemente adormecida, mereceu-lhe um olhar terno e um brando gesto condoído. Mais demorou ajoelhado junto aos filhos, que beijou, num levíssimo mover de lábios.

O palafreneiro, estremunhado e surpreso, levantou-se em alvoroço quando o seu senhor irrompeu pela cocheira, vestido de ferro, sob o brial de cruzado. À luz encardida da candeia de azeite, pouco acrescentada pela que já irrompia pelas frinchas da porta, rapidamente selou o melhor cavalo do conde e abriu caminho, com grande estridor de trancas e rangido de batentes.

Com o tropeio forte do ginete, esvoaçava a criação, levantavam-se corvos, calavam-se os pássaros no bosque, que já recolhia Jano em suas fugidias sombras.

Durante toda a manhã errou, sem fito certo. Contava chegar, pela tarde, ao sopé das montanhas aguçadas que de vez em quando se divisavam, de penhas altas ou de clareiras menos abafadas das frondes. Depois se veria onde calhava o passadio da noite e os caminhos após. Longe queria deixar o reino em que recompensavam os seus serviços com desumana prepotência. Abandonava também mulher e filhos à mercê da vindicta real, mas esporeava para diante a montada quando a memória e o remorso o atormentavam. Aqui e além, a imagem da infanta, cabisbaixa e dorida, interpunha-se estranhamente. Mais se franzia Jano; mais sofria o corcel... O cavaleiro escapava de tudo. Talvez lhe restasse fazer-se mouro. Quem no quereria para vassalo, assim fugido? Mouro se faria... E nisto foi crescendo o sol e apequenaram-se as sombras.

Súbito, o baque seco de um virote a cravar-se num tronco em frente! Depois, mais dois virotes cruzados zunindo pelas urzes, até vibrarem, oblíquos, no solo. Jano deteve o cavalo, que volteou, inquieto, e levou uma mão à espada, procurando o elmo com a outra, enquanto perscrutava o mato em volta. Soaram risos e, daí a nada, o sargento do rei plantava-se na sua frente, soberbo, de manápula na anca, rodeado de besteiros.

— Então, senhor cavaleiro, que já tão longe vos vejo de vossas terras...

Jano mediu o grupo, agastado da contrariedade e da jactância do outro. Mas aparelhavam-se pesadas bestas, escuras e ameaçadoras, à espreita de qualquer gesto escuso para o trespassarem de virotes. Deixou cair a espada na bainha e cruzou os braços.

— Sabei lá que a caça nem sempre respeita o termo dos senhorios.

— Muito me maravilho eu de cavaleiro que caça de espada. Artes novas que lá na Mourama aprendestes...

— E que vos importa?

— Importa-me cumprido o bom serviço d'el-rei e zelar pelo melhor despacho de seus mandados, de que vos vejo muito arredio, em paragens tão distantes...

Acariciando o botão do punho da espada, Jano, intimamente, deu destino ao pescoço daquele sargento, noutra oportunidade em que ele não se mostrasse tão protegido de armas rápidas. Suspendeu por um instante o gesto, hesitando ainda sobre a oportunidade da carga, mas a prudência levou-o a dar costas à súcia e seguir, vagaroso, caminho inverso. Não se tinha afastado muito, quando outro dardo, desferido por alto, varejou as copas das árvores, num restolhar perdido. Jano não se alterou com a provocação e manteve o passo. Saltavam, lá atrás, as casquinadas ásperas da soldadesca... Rissem, rissem até ocasião mais azada...

Longamente cavalgou Jano, com paragens e repelões, até que a paisagem se foi gradualmente transfigurando e o bosque espesso de antes cedeu lugar a uma mata nodosa, estorcida, de rojo pelo chão. E o aroma das flores silvestres deu vez ao cheiro acre da maresia, e o rumorejo das frondes ao estralejar das águas rompendo nas rochas, lá em baixo.

Falésias altíssimas eram aquelas, pendidas sobre as ondas que por debaixo as escavavam. Muita rocha bravia calcaram os cascos do cavalo, antes que as penedias amaciassem e abrissem caminho para a banda do mar. Na praia estreita, por essa hora, pescadores recolhiam barcas e redes e imobilizaram-se numa desconfiança surpresa, à beira de fugir, quando sentiram o trote do cavaleiro a aproximar-se.

Jano desmontou, chamou os homens e com eles entreteve

laboriosa prática. Respeitosas e sisudas, as faces em volta denotavam apreensão. Mais que uma vez as rédeas do cavalo mudaram de mão, porque ninguém as queria aceitar. O conde desapertou a escarcela, distribuiu moedas, mas as mãos não se fechavam para o dinheiro. Finalmente, um homem fez sinal a Jano e foi andando para o mar. Outros homens o seguiram e Jano com eles. O cavalo do conde ficou na areia, seguro e aquietado. De braços cruzados, Jano assistiu ao esforço dos pescadores, que reviravam e apontavam ao mar uma barca, varada na areia húmida. Os homens gritavam, cadenciando o arranque. Enfim, a proa redonda, revolvendo os ares, surgiu ao de lá da rebentação, e um par de remos sarilhou na espuma. Com água pelos joelhos, Jano içou-se para bordo e inclinou-se para trás. Mas os pescadores, inesperadamente, levantaram os remos ao alto e suspenderam os gestos, olhando na direcção de um espigão rochoso que entrava mar dentro e rematava a praia daquele lado. Espadanando águas, vinham lá sete cavaleiros, empenachados e garridos, de viseira caída e lanças a pique. Ora a corrente os travava pelos peitos dos ginetes, ora uma lomba de areia lhes desembaraçava os movimentos e os deixava correr mais céleres. Os pescadores saltaram da barca e, de roldão com as ondas, fugiram para a praia, abandonando Jano, miseravelmente só, na barca que balançava sem norte, ao som da maré.

Meio submersos, os cavaleiros cercaram a barca e estabilizaram-na à força de lança. Depois, em silêncio, ficaram à espera, entre as ondas. Jano baixou a cabeça. Pelas cores e insígnias, não havia ali filho de algo que ele não conhecesse e com quem não houvesse privado. Olhou em volta e foi-lhe impossível distinguir qualquer sinal de deferência ou de simpatia por detrás dos ferros que cobriam as faces. Apenas uma mesma e impassível determinação, rígida, impessoal. Reteve a fala inútil. Humilhado, desceu do batel, com água pela cintura, e arrastou-se para a praia. Ao abandono, o seu cavalo relinchava, esperando nas dunas, agora desertas. Quando chegou ao topo da falésia, os sete cavaleiros, zelosamente alinhados na areia, ainda guardavam a praia, e o batel derivava solto, mar além...

Então meteu-se a trote, floresta adentro, ao encontro do anoitecer. Havia que jornadear mais caminho, sobre todos os caminhos já cumpridos, antes que um certo rio, bem distante, lhe marcasse uma outra fronteira do reino. O sol foi rasando os copados das árvores, as sombras abateram-se mais espessas e pesadas e os pássaros acoutaram-se entre a negrura. Já os morcegos erravam, atarantados em torno, quando Jano prendeu o corcel, que resfolegava de susto, e preparou duas fogueiras, perto uma da outra, com minucioso trabalho de pederneira e estopa. Tomou algo do bornal — pão seco e figos —, sentou-se contra uma árvore e cravou a espada no solo em frente. Uivavam os lobos, o corcel pressentia-os e estremecia aos rumores que iam impregnando a floresta. Viessem os lobos, viessem os lobos — desejava Jano, numa ânsia de dar trabalho aos ferros e desagravar nas feras as afrontas da conta dos homens...

Mas as alcateias passaram de largo e foram desinquietar caça para longe. Ao aproximar da manhã, o conde dormia profundamente e nem a azáfama grulhenta dos pássaros madrugadores o despertava da modorra.

Mal toscanejou ao primeiro harpejo do saltério, tão levado estava do sono. Foi preciso novo toque, mais longo e vibrante, para que se soerguesse, estremunhado, e procurasse com o olhar a origem da música, enquanto a mão segurava, espontaneamente, o punho da espada.

Deitado entre dois troncos dum velho castanheiro, um jogralzito risonho dedilhava um minúsculo saltério, olhando atrevidamente para Jano. Vestia uma túnica vermelha, comprida e franjada, que não aparelhava com o verde turbante mourisco, muito à desbanda, nem com os chinelos de couro de ponta revirada que quase lhe descaíam dos pés.

— T'arrenego, mouro! Vai-te!

A criatura largou uma gargalhada, que pontuou com um arrepio musical em crescendo.

— Grande e rara desonra é entre moirama desamparar mulher e filhos. Por ende terias razão: mouro queria eu ser a debandar tão cobardemente como tu.

De fúria, Jano, com um grito, atirou uma pedra à figura do homem.

— Arreda, truão!

Há-de ter ficado encalhada pela folhagem, ou perdida em alguma volta, porque ele nem pestanejou, antes dedilhou tranquilamente o saltério, cantarolando:

Belo cavaleiro
A fugir
Vem mui trigueiro...

E rematou, vergastando as cordas com força, de modo a levantar uma vibração sonora que pareceu encher toda a floresta.

Depois desceu da árvore, devagar, e dobrou-se numa complicada vénia.

— Para diante não há mais caminho, senhor cavaleiro...

Jano saltou, tomando a espada às mãos ambas, e desferiu o golpe de trás, num circuito fulminante que fendeu os ares, zunindo. Varou ares e folhagens, mas deixou intacto o pescoço que alvejava. Quando, levado pelo impulso, volteou sobre si, o homem, rindo, de novo tacteava o saltério e trauteava:

A fugir
Vem mui trigueiro...

Não se desviou do segundo arremesso de Jano, desferido de cima para baixo e com tanto vigor que cortaria em dois um cepo grosso de roble. Mal a lâmina atingiu o turbante, a espada vibrou, retorceu-se, ressaltou e foi cair aos pés do jogral. Jano apertou o pulso, dormente do estremeção, e deu um passo atrás, assustado.

Com gestos delicados, o jogral pousou o saltério, tomou a espada de Jano entre dois dedos, e entre dois dedos quebrou a lâmina miudamente, lasca a lasca, como se britasse uma caninha seca. Ao punho da arma, deitou-o para trás das costas, num movimento sacudido. Jano viu o ferro subir à altura de voo de pássaro, transformar-se num ponto negro em rodopio e perder-se nos céus.

Benzeu-se, instintivamente.

— Isso, benze-te, Jano... — murmurou o jogral, agora com voz aquietada e semblante melancólico — antes de regressares prestes aonde deves...

Levantou, levemente, uma das mãos no ar, com a palma para cima, e logo o corcel de Jano se desprendeu com um trinido e foi andando a passo lento por um carreiro da floresta. Já o conde, cambaleando, seguia atrás do cavalo, quando lhe ocorreu voltar-se para trás e perguntar: «Quem és tu?»

Não havia ninguém ao pé do velho castanheiro. Dispersas pela erva, as estilhas da espada faiscavam ao sol.

Que negra ventura é esta
Que entre nós está metida?

Horas mortas, o conde chegou às imediações de casa. Ficou-se à sombra da torre, descaído, meio atravessado sobre a sela, os estribos a dar e dar. Não teve acção para chamar por alguém ou sequer demandar o portão. Foi um casal de servos, acordados pelo rumor de cascos, que o desmontou e recolheu. Túrgida, a Lua nessa noite mostrava um círculo de luz terso e perfeito, que cedo começaria a minguar…

Jano, quando o deitaram, revolveu-se no leito, agitado de febres e delírios. As faces, traçadas, acusavam a passagem desacautelada por silvados e ramagens, como não tendo o conde tido mão na montada e discernimento nos caminhos.

A seu lado, em silêncio, a condessa aspergia-lhe as fontes com pachos de água. Retinha para depois o choro, do dó que lhe fazia aquela insanidade do marido e da inquietação de ter ele sido tomado de demónio íncubo, tanto mais que perguntava pela Lua e chegara a forçar um movimento até à janela para, murmurando, lhe medir o brilho.

Às tantas, o conde aquietou, as mãos descerraram-se-lhe, descaiu para um lado e despenhou-se num sono pesado e inerte. Chegara a hora de a condessa despedir as criadas e dar-se às lágrimas, enfim, para logo adormecer também, de cansaço.

— Amiga! — ouviu a condessa uma voz, emergindo do fundo dos sonhos. — Amiga! — despertou a condessa à insistência, sussurrada e doce. Jano acordava-a, passando-lhe levemente a mão pela face: — Vem, que muito temos de falar...

— Pois agora, Jano?

Mas o conde já descia da cama e lhe estendia a mão, num convite imprevisto e decidido. Mostrava-se lúcido e seguro de gestos, como não seria de esperar do seu abatimento de antes. Com delicadeza, conduziu-a para o salão, apenas iluminado pelas últimas achas da lareira. Dispôs mais luz, acendendo uma tocha resinosa nas brasas, com movimentos meticulosos e precisos. Depois, sentou-se à grande mesa e ficou-se, hirto, a olhar para a condessa que, entre surpresa e impaciente, optou por tomar a iniciativa:

— Muito terás decerto para me contar, Jano, não querendo manter este desprezo e esta desfeita de me maltratares, deixando-me... — E logo, numa ânsia, tomando-lhe a mão: — Jano, Jano, que se passa? Onde deixaste a espada? Porque me tem rondado a porta o sargento de el-rei? Donde vieste? Que tens?

— Tenho encargo de el-rei de te matar...

A voz de Jano, cava, ressoou surdamente na escuridade da sala. Mais lhe acrescentou a impessoalidade aquela petrificação da face e o olhar parado, de fitar sem ver. A condessa levantou-se, num repelão.

— Jano!?

— Antes que a Lua mude, senhora...

Em desalinho, afogueada, quis saber porquê, e Jano, minucioso, sem se alterar, tudo lhe foi relatando. Encostada à pedra da lareira, de mãos cruzadas sobre o peito, a condessa quase desfalecia. Encontrou, enfim, forças para perguntar, muito sumidamente:

— E os meus filhos, quem nos criaria? Ela?

Jano não respondeu.

Por penosos instantes, apenas se ouviu o leve crepitar das brasas quase extintas. A condessa, de súbito, soluçou, correu para junto de Jano e abraçou-lhe rijamente os joelhos.

— Oh, Jano, manda ao demo el-rei mais a sua tirania, arrenega da infanta mais os seus cios. Poupa-me, Jano, não te queiras desonrar... Olha...

Calou-se bruscamente, num rebate. Ainda titubeou, em sopro inaudível, mas a fala foi-lhe cortada pela dúvida que, instantânea, lhe transpareceu na face: agarrou a cara de Jano com ambas as mãos enclavinhadas e forçou-o a olhá-la nos olhos.

— Tu não a queres, Jano, pois não?

Jano chorava — como não havia de chorar? — e quis negar com a cabeça, mas a condessa tinha-lhe a cara bem presa entre as mãos e fitava-o, terrificada, perscrutando-lhe o fundo do olhar. O conde teve de vencer a resistência daquelas mãos para abraçar a mulher com força.

Mas ela já se desprendia, enxugava decididamente as lágrimas e discorria, muito depressa, alisando tumultuadamente com os dedos estendidos as pregas da saia.

— Matar-me porquê, Jano, inocente que sou de toda a culpa? Outras maneiras há de prevenir seja eu estorvo e empecimento a tais desígnios sem agravo tamanho a Deus. Nota... Lá recolhido nos montes há um convento minúsculo e pobríssimo, entre penedias, afastado de todos os caminhos. Aí me poderias deixar envelhecer, miserável e abandonada, sem que ninguém o suspeitara.

Olhando fixamente para o fogo, de olhos aguados, Jano nada disse.

— Também... Meu pai está velho: de bom grado e em festa me receberia de novo na sua casa de viúvo, bem longe deste reino e ao recato das suas intrigas; e eu saberia guardar-te a fé, Jano...

Bem olhava a condessa, suplicante, para Jano, que do abatimento de Jano apenas silêncio vinha.

— Ou então prende-me nos fundos duma torre, onde eu não veja sol nem lua, e esquece-te de mim, e deixa que a infanta se esqueça... Eu desaparecerei, Jano, eu não te serei empecilho, mas, suplico-te, não me tires a meus filhos...

A palavra do conde soou, enfim, impessoal e monocórdica, como a de um oráculo:

— Os nossos filhos não viveriam, se eu te deixara viver...

A condessa voltou-se de costas. Parou, hesitou, afastou-se. Falava agora de uma zona de penumbra a que a luz da tocha mal chegava. A voz era-lhe estranhamente nítida e pausada:

— Ah, Jano, que não te ocorreu mandar pelos campos tocar o tambor, reunir servos e criados, acender fachos nas ameias e resistir até ao consumo das tuas forças, até que el-rei entrasse a torre e encontrasse os nossos corpos trespassados... Diz-me, Jano, diz-me ainda que vais...

— Confrontar el-rei? — titubeou Jano com estranheza. — Em armas?

Tardou a voz da condessa, desenganada; mas fendeu o ar como uma lâmina de gelo:

— Mísero me saíste, meu conde, mísero e poltrão...

Em dizendo isto, foi estremecida de um arrepio e olhou instintivamente pelo tosco rectângulo da janela, preenchido pela luz macia do luar. Não muito longe, ao correr do declive fronteiro, pareceu-lhe distinguir o reflexo das armaduras de uma cavalgada que, vagarosa, passava adiante, com os sinais de el-rei.

Voltou-se apavorada para Jano, num gesto suspenso, mas o conde já não estava sentado à mesa. Trôpego, arrimando-se à ombreira, saía pela porta do salão.

Abateu-se a condessa sobre um escabelo e cismou, cismou, cismou...

Que eu não me pesa da morte,
Pesa-me da aleivosia...

Eis a condessa na lôbrega sala de armas, que o primeiro claror do dia, compondo as sombras, mal iluminava por seteiras altas. No solo de terra batida, ardia ainda confusamente a tocha que ela trouxera e deixara tombar.

Ali se dispunham, em molhos ásperos e ameaçadores, as armas do senhorio. Chuços, escudos, maças de guerra, bestas e espadas amontoavam-se, pardacentos, contados e em ordem, untados de óleos, num repouso feroz.

De olhos afeiçoados à obscuridade, mãos cruzadas no regaço, a condessa procurava...

Depois de o conde se ter recolhido ao quarto, deixara-se ficar algum tempo no salão, de cabeça entre as mãos, tristemente pensativa. Depois, com movimentos cautelosos e silentes, regressara ao quarto e escolhera, de certa arca, os seus vestidos e jóias de mais alto preço. Ouvia, perto, a respiração de Jano que, pesadamente prostrado, ao través do leito, adormecera de novo. Beijou os filhos alongadamente, arrebatou uma tocha da parede e, por atormentados corredores e degraus rudes, dirigiu-se à armaria.

Agora tacteava, lenta, entre as espadas, ordeiramente encostadas a um canto. Rejeitou uma toledana, de punho trabalhado e cravejado de pedraria, que primeiro lhe chamara a atenção, para desprender da parede um alfange mouro, rico e dourado, tomadia do conde nas correrias da Síria. Desembainhou a lâmina recurva e, sem pressa, experimentou-lhe o gume com os dedos. Um fio de sol rompeu da seteira e despertou um brilho colorido num escudo armoriado. Soaram vozes ao longe. Os criados levantavam-se: amortecidos, chegavam os primeiros rumores da azáfama doméstica...

Jano não quis logo acordar, à voz da condessa. Teve ela de repetir o chamamento: «Jano, vem...» Com dificuldade o amparou a erguer-se e com paciência o ajudou a vestir-se. Meio sonâmbulo, sem uma palavra, o conde deixou-se levar pela mulher. Apenas hesitou quando uma pequena porta que dava para o campo foi aberta e a luz do sol, brusca, lhe confundiu o olhar.

Serena, a condessa esperou que Jano se acomodasse à claridade e ao ar livre. Depois, tomando-o sempre pela mão, conduziu-o até um caramanchão que naquele local havia. Com uma vénia, estendeu a Jano o alfange nu e, num trejeito gracioso, desapertou o vestido, descobriu o pescoço e assentou a cabeça num tronco baixo.

Jano levantou o alfange bem alto, mas foi preciso um sorriso encorajador da mulher para que o deixasse cair, zunindo e em força. Sabeis como.

Tocam n'os sinos na sé...
Ai Jesus, quem morreria?

Da sela de Jano, a pequena altura, pende e balouça uma rede com uma bandeja de ouro e um embrulho redondo, manchado, de torvo burel.

O cavaleiro vai a chouto para o burgo, mas tão arqueado sobre o arção, tão desprendido de movimentos, que dir-se-ia levado por vontade da montada e abandonado da própria.

Não dá conta da desusada movimentação de peões, nem das roupagens de luto nos grupos em volta, nem do dobre a finados, seco e pausado, nas torres sineiras.

Têm de se afastar um frade, com uma cruz e o viático, e os seus acompanhantes, porque o conde se deixa ir de roldão. Ninguém tem alma para o interpelar, tão curvado, abatido e distante ele se mostra.

Nem parece ouvir os ecos do pregoeiro que grita:

— Luto, luto pela senhora infanta, que esta noite se finou...

Saía o sargento a procurá-lo. Deteve a montada. Deixou-o passar.

Apuros de um
pessimista em fuga

Ó dor, ó dor, o tempo manja a vida, concluso vate? Tem dias. O tempo hoje empata a vida, não sei se a poupa, se a rejeita, eu a pasmar. Antes, hipnótico, ma devorasse, como é vezeiro. Mas arrasta-se, o pastoso, animaleja sobre milhentos finíssimos pedúnculos e não me consente adiante, nem ver ao de lá. Com as suas alongadas escorrências, trilho de míseras poalhas, o rastejo lerdíssimo dos instantes cerca-me no castelo da Madorna. E vai-me tendo, inerme, ao dispor, a descoberto e sem saber. A preparar-me o quê? Pudera eu rasurar estas supérfluas horas que me faltam para a fórmula salvadora, o conforto duma voz amiga, até mesmo a aspereza duma desilusão. Ou para a consumação resignada do pior final para este transe, então ainda mais inútil. Quem me dera deixar de viver o entretanto, apagando-se agora o tempo para se reacender quando conviesse.

    A vacuidade de o ir sofrendo. O desconforto do que pode ocorrer-me enquanto presencio a monotonia do inelutável transcurso. Seco, descai o ponteiro luminoso do *tablier* e fica--se a vibrar ainda. Sete horas, quatrocentos e vinte minutos, de permeio até. Reclino-me. Fecho os olhos. Não há dormir. Não iludo o tempo. Vai-se-me ele, indiferente, desenroscando com vagar, ao alcance dos sentidos. Com este cansaço os inimigos cobram um dia de avanço, no caso, provável, de me levarem. Na minha contabilidade prisional já se averba mais um dia aos dias sem sono que vierem. O tempo aleijado, tempo lúmpen, tecedor de enredos, vagabundo falso, cúmplice traiçoeiro deles. Virei a sofrer alucinações, como é de regra? Estou debaixo da asa de um hidroavião. Alguém me bate no vidro. Mau!

O anúncio, no *Diário de Notícias,* dizia: «Fiat 500 azul... Vende-se. Próprio. Estado razoável.» O manuscrito dizia: «P. Essa cabina está avariada?» «R. Há um telégrafo nos correios.» Seguia-se uma indicação tola: «Trarás o casaco dobrado no braço direito.» Acima, quatro fiadas de números miudinhos, de ler à lupa, muito chegados, quase apagados, 3; 12; 46..., referidos a uma página da Bíblia. Marcavam dia, hora e local. Meia folha de bloco quadriculada. Tamanho duma carteira de fósforos. Textura teimosa de almaço. Resistente aos dentes quando foi mastigada e engolida, a seco, instantes depois de tocar pela segunda vez a campainha da porta. Interruptor esquivo, dançando no fio, furtando-se aos dedos. Luz. «Marília, Marília!», chamo. Que não estava lá, nem havia que estar. A colcha lisa, daquele lado da cama, a almofada intocada, a remanescente estranheza duma desolada ausência. O despertador marcava seis e trinta e dois. Quem havia de ser? O papel amassado numa bola e mal deglutido, os molares a rilhar, sabor a podre, salgado, uma aspereza na garganta. Rápido, o atrapalho das meias, zune e estala o cinto, os botões revoltam-se. Esperem, esperem, não por mim. Uma mão afastou o caixilho de alumínio, a outra, desajeitada, procura uma manga rebelde do casaco. Frio, o ar. Ainda a campainha a retinir ou já a reminiscência disso, que, por si, alarma, incomoda e dói. Dois passos pelo ressalto do paredão, tantas vezes imaginados, nunca tentados. Pulo. Baque. Terra mole. As pegadas que ficam. A pista que lhes deixo. Um jeito inútil no cinto torcido. Marcha medida, pausada, no relvado, rés às sombras. Os joelhos para cima como os índios. Mãos de cego, adiante. Orvalhados os trevos impregnando-me os sapatos. Cabeça levantada, um pé, depois outro. Ruídos atrás, uma portada que se abria? O clarão duma luz? Mais uns passos, mais uns passos. Uma massa de negrume musguento mais próxima. As mãos fincadas no muro. Aspereza de lixa. O esforço, o falhanço, novo impulso. O craveiro pisado, a terra acalcada, upa! Um olhar, já estendido na horizontal do muro. As luzes do meu quarto todas acesas. Relance dum vulto a passar pela quadrícula da janela, para além das cortinas. Ei-los lá.

Agora corria pela rua de trás, golpes sonoros atabalhoados dos sapatos no empedrado. O *Taunus* dormindo, coberto de gotículas, a luz tardia do candeeiro dispersada pela carroçaria em reflexos granulados, já mortiços pela concorrência clara da manhã, a manga do casaco molhada, dos roçagas ao acaso, a chave a tremer e a não querer entrar na fechadura do carro. Caio sobre o assento, baque seco da porta, capaz de se ouvir em Faro. Ao contacto, estranho o plástico do volante, áspero da poeira e da humidade. Enfim, o ar, todo! Relincho renitente da ignição, estrondeio do motor. Sobressaltei o bairro. Toda a Lisboa ouviu, todas as janelas se abrem, a escória da cidade acorre de todas as ruas, berram sirenes, ribombam sinos, estridulam clarins nos quartéis. São aos milhares. Ululam, cercam. Calma! Engatar a primeira, vá!

Ao dobrar a esquina, num relance, pelo retrovisor, vejo um homem de pernas abertas no meio da rua, gestos afastados de mãos. Calvo, novo, de fato completo, escuro, olhos para o alto, olhos para cá, olhos para lá. Hirto ficou, de mãos esticadas para cada lado, como depois duma dança, nos três derradeiros tempos dum sapateado. Que estaria ali a fazer, que gesticulação aquela, bailante? Ou imaginação minha a compor um transeunte hostil?

Vou, muito obediente, ao sabor dos malditos sinais de sentido proibido. Frio, o motor tosse. Ruas, ruas, ruas. Afasto-me, circunvago, aproximo-me, afasto-me. E o *Ford* preto que agora me vem no encalço, grelha reluzente, faróis de aros inox, a colar-se-me à retaguarda? É como se sentisse um bafo atrás. Maligno. Descobriram-me? Vai bater? Virou, soturno, à direita.

Da esquina, à minha frente, donairoso desliza, na sua escura bicicleta pasteleira, o homem do pão. Camisa branca, aberta, calças de sarja, curtas, sandálias de andarilho, olhar fito em frente, a cumprir o seu circuito. Na cabeça, um quico militar camuflado, já muito desbotado, de quem andou por lá. À cinta, a sebenta carteira de couro dos trocos. As mãos tocam levemente o guiador, as pernas basculam, regulares, sem esforço, como se estivessem articuladas à roda, com arames, à maneira dos brinquedos de pau, das feiras. Deixou-me um olhar rápido, distraído mover de pálpebra, a medir as distâncias, e pedala agora à minha frente, encoberto pelo enorme cesto do pão, em forma de berço. O cesto oscila, à cadência dos pedais. Deve ranger, aquela verga entrançada, já muito encardida. A minha urgência tem de se conformar com o andamento ao ritmo regular e repousado de quem faz a vidinha de todos os dias. Talvez ele assobie. Eu em pânico, retido, ele a assobiar as cançonetas da moda. A rua é dele. Insinua-se uma pequena raiva contra os que, sem percalços, cumprem o seu pequeno destino, empatando-me enquanto eu fujo, na luta por um destino em grande.

A meio do *tablier*, esbocarra-se um rectângulo negro e fundo, donde assomam fios eléctricos retorcidos, com brilhos de cobre descamado, a vibrar. Ocorre-me o furto do rádio e desfaz-se o automatismo descontraído de premir teclas. Não haverá música. Mais uma injusta contrariedade, na manhã das injustiças. Penugens de plástico eriçam-se no rebordo violentado, enquadrando um negrume hostil que deixa entrever barras de ferro e rebites. Roubaram-me o rádio anteontem. Era um aparelho barato. Nem fiz queixa. Incómoda, sim, foi a sensação de ver o meu espaço devassado, o porta-luvas remexido e de sentir a presença de estranhos a assenhorear-se dos meus lugares, impregnando-os das suas partículas próprias. O mesmo acontecia na minha casa, neste preciso momento. Profanação. Turbulência de papéis, livros derribados, intimidades violadas, vozes, graçolas.

Luz verde, aí vai o padeiro a recolher a sandália do asfalto e a lançar-se para a direita, em mais esforço, que é a subir. Ala, trabalhador, nunca na vida imaginarás que neste velho carro, e transido de medo, resiste, prestes a cair, um dos que se escandalizam com a tua quotidiana humilhação e te querem restituir, qualquer dia, uma dignidade que tu nem sabes que poderias ter. Um dos teus procuradores, um dos teus representantes, que tu não escolheste, mas que te escolheram, por isso merecedor de respeito, de uma saudação amiga, de um sorriso discreto e cúmplice. Vai, vai, trabalhador, que eu te contemplo e guardo, assim tu me guardasses a mim...

Enfim, a Avenida Almirante Reis. Descer, descer para já, até ao Tejo que lava a cidade de mágoas. Mas o *Ford* negro assoma outra vez, agora à minha frente, e retarda-se, empata-me, na faixa da esquerda. Sem nenhuma razão aparente, cintila, uma e duas vezes, o sinal de travagem. Há três homens lá dentro. Um deles, o de trás, usa chapéu de aba larga. Não se voltam, não me olham, é suspeito! Amanhece. Já uma tira de sol abrasa em fulvo um vidro alto, num prédio. Ao passar a Alameda, um *Volkswagen* verde faz faiscar os médios. Para quê? É um sinal, meu Deus, é um sinal! Virar à direita, virar à direita, no Chile. O *Ford* prosseguiu pela Almirante Reis, mas inúmeros automóveis aplicam-se a marcar-me a posição e a vir no meu rasto.

Eu sou um pobre empregado de editora, o meu trabalho clandestino fica-se pelas cooperativas de consumo e pelos cineclubes, eu não mereço tudo isto. Porque é que aquele *Renault* branco inverteu a marcha, e o *Fiat 600* despontou do estacionamento logo depois de eu passar? Um homem que vinha caminhando a pé, pelo Largo do Leão, consultou o relógio no instante em que eu cruzei. Na paragem de autocarro um agente da Guarda Republicana saiu e olhou para mim, depois para baixo, decerto a fixar-me a matrícula. Um camião faz descarga na Rovisco Pais. Paro. Querem atardar-me. Se protesto, dir-me-ão, «eu estou a trabalhar!». O *Renault* desapareceu, mas vem-me no encalço um descapotável com três jovens de cabelos compridos, de uma irrequietude suspeita. O inimigo tem mapas, microfones, comunicadores, contactos rádio, não me deixa em paz, não me dá espaço. Os três jovens desaparecem no Arco do Cego, mas este senhor de óculos que surge agora a conduzir um *Citroën* Dois Cavalos restabeleceu o contacto, nesta monstruosa malha que me confina. Semáforos avariados. Um polícia sinaleiro reordena o trânsito. Conheceu-me. Fitou olhos em mim, com um ar de caso, sem conseguir disfarçar. Estou localizado. Em qualquer lado, há um mapa enorme, esticado sobre uma mesa, numa enorme sala silenciosa, e alguém vai empurrando com um taco um simulacro de madeira do meu *Taunus*, esquina após esquina, *Renault* após *Renault*, polícia após polícia. Não querem prender-me. Querem saber aonde é que eu os posso levar. Toda a Lisboa atrás do pobre de mim. O dinheiro que estão a gastar comigo. E eu sou tão insignificante. Para a direita na 5 de Outubro, para a esquerda, vá! Os pneus rechinam. Quem me dera na Avenida de Ceuta, na Marginal, onde corro agora. Ninguém? Estarão a seguir-me à distância? Eia, o mar salgado! Caxias, com o Forte, alvadio, lá em cima, e a minha cela de isolamento, atrás de roliças grades ocas. Acelero. Eis que rodo desafogado. Saí da malha? Na Parede transgrido. Inversão de marcha, por cima do traço contínuo. Espanto indignado dum pescador de linha. Ninguém atrás? Deixo passar o camião de mudanças. Desaparece. Perderam-me? É dia claro.

    E, por ora, eis-me talvez safo, às voltas pela Baixa, a tentar coordenar o espírito e os sentidos. Trânsito. Buzinas. Magotes de gente. Desvario de olhares. Tropeada de passos. Todos sabem aonde ir, menos eu. O bramido duma sirene qualquer. As lojas ainda não abriram. Caixeiros esperam pelos patrões à porta dos pré-fabricados do Martim Moniz. Uma mulher, de lenço preto, varre o passeio, com uma lentidão de ir fazendo.

Turistas de roupa amarela e azul, frente ao Mundial, entram, divertidos e ruidosos, para o autocarro que os há-de levar aos quatro castelos. Camisas às florinhas, mui tropicais de palmeiras. Cambada de alarves. Não sabem de nada. «Querem-me prender! Ouviram? Querem-me prender!» *«Oh, yes, typical.» Flash!*

Desço a Rua Augusta. Olá, arco triunfal, relógio parado, sinal dos tempos, a estagnada virtude dos nossos maiores, de costas. Começo a pensar, atropelam-se os dilemas. Tanta polícia atrás de mim há bocado, e deu em nada. Descompassada imaginação. Fora eu um herói, dotado de sangue-frio, não delirava de egocentrismo. Insinua-se um ligeiríssimo despeito ao verificar que afinal ninguém se deu ao trabalho de me perseguir. Eu considerei-me insignificante, não foi? Leram-me o pensamento, deram-me razão. Estou por minha conta. O anonimato libertador do engarrafamento. O enleio claustrofóbico do engarrafamento. Não se pode ter tudo. Há que definir uma táctica de sobrevivência, bem pensada. Primeiras disposições. Estacionar o carro, tomar um café e reflectir. Santa Apolónia. Gaita! Aqui há sempre Pide. Subo uma rampa, o Estado-Maior do Exército, de garbosos lanceiros à porta. À esquerda, uma pequena tasca, num recanto gradeado. Estacionar, comprar o jornal, instalar-me, para já. Este vai ser por momentos o meu território, o meu centro de operações. Deixei o carro, sorvi um café e segui a pé, para Santa Clara.

«Estás a ouvir?» Pergunta ociosa, ele estava a ouvir era de mais. Deixou a caneta suspensa no ar, entre dois dedos, e ficou a contemplar-me, de boca entreaberta e olhos assombrados. Voltou depois a cara para um e outro lado do balcão e levantou-se. Demasiado brusco, desabou sobre a cadeira. Lá se endireitou. Com um gesto atarantado da caneta pediu-me silêncio. Estendeu a mão, o que parecia dizer «espera!», e a mão tremia. Contornou o balcão, deixando, a cada passagem, sorrisos pequeninos de desculpa, e veio ter comigo. Afastou-me para a sombra dum cabide metálico que fazia lembrar um célebre secador de garrafas. «Não fales alto, por favor, não fales alto.» Eu apenas tinha sussurrado, comportando-me como um vulgar cliente, com um impresso bancário entre os dedos: «Escuta: a polícia foi a minha casa, hoje.»

«Que espiga, hã?», segredava o meu primo Antunes, contristado, recolhido e cúmplice, e, logo, alto, para um sujeito que passava: «Bom dia, senhor doutor, é só um segundo e sou todo seu.» Saltaram as perguntas, em cachão: «Tens a certeza?», «Como te safaste?», «Não foste seguido?» Eu preferia que ele me tivesse dito: «Que é que eu posso fazer por ti?», mas o que ouvi foi: «Não devias ter vindo aqui! É perigoso!» «Não tenho sítio para onde ir, preciso de me esconder, pelo menos até amanhã.» «Mas o que é que eu posso fazer? A tua prima desconfia logo. E os miúdos! Além disso, conheces a minha casa, não há espaço. Os teus camaradas não te ajudam?» «Acho que está tudo preso.» Fui sincero, abusador e pouco diplomata. Antunes estava aterrorizado. Deu-lhe para breve e seco, inusual: «Olha, vai para uma pensão. Se é por pouco tempo. Tens dinheiro? Eu empresto-te dinheiro.» Apalpou, numa sarabanda, os bolsos. Estava em colete. Ao aperceber-se do burlesco do gesto, olhou em volta, com medo de que alguém o observasse. «Estão à minha espera», informou. «Adeus, Antunes, passa bem», respondi. «Ts, sempre metido nessas merdas.» Deixei-o encostado ao cabide, reflexivo, a esfregar a cara com a esferográfica. E vi-me na rua, de novo, ao desamparo, entre o chiar dos eléctricos, presa do ridículo de ter feito figura de parvo. Inspiração infeliz, a de recorrer àquele imbecil pela mera circunstância de ele trabalhar num banco, na Rua da Graça, ali à mão. Em circunstâncias normais, o primo Antunes até nem se mostrava mau tipo. Reproduzia boatos optimistas e contava anedotas contra o regime nas festas de família. Na hora da verdade, foi o que se viu, e era, afinal, de prever. No Cinema Royal o cartaz anunciava *Núpcias Vermelhas,* de Chabrol, com Michel Piccoli e Stéphane Audran. Às quinze e às vinte e uma e trinta. Não dava jeito.

Eu tinha trocado dinheiro na capelista da Rua da Verónica, frente ao Liceu de Gil Vicente. A mulher, rebuçada num xaile de lã, habituada a tratar com os moços pequenos, resmungou quando lhe dei cem escudos para pagar o *Diário de Notícias.* Teve de recorrer a um saquinho de plástico com moedas que trouxe da arrecadação, muito querido, apertado ao peito vasto. Não sei bem porquê, senti-me, por instantes, defendido, no meio dos rapazes que chegavam ao liceu, em grandes grupos, e largavam agora em correrias, ao som da campainha. Era como se aquela expansão de alegria, tumultuosa e desvairada, me protegesse dos circuitos a cumprir, na desconfortável indecisão da escolha por dilemas.

Logo ao cair das nove telefonei para a editora, duma cabina na Rua da Senhora da Glória. Atendeu-me a expedita Alda. «Sou eu!» Alda, que logo me conheceu a voz: «Ah, não, ainda não temos as provas, talvez amanhã, volte a telefonar, por favor!» «Alda, alguma novidade?» «Estamos cheios de movimento, bem vê!» O telefone brutalmente desligado, o traço contínuo do sinal sonoro. Eles estavam lá! Outra vez aquela sensação de frio fino a atravessar-me o corpo e a crispar-me os músculos. Depois ocorreu-me a triste ideia de ir procurar o meu primo, ideia que me pareceu, na altura, um ovo de Colombo. Era improvável que a Polícia vigiasse o primo Antunes, que toda a sua vida se havia mostrado reverenciador e obrigado. Mas eles tinham boas razões para não se incomodar com o Antunes. As mesmas que me levavam a arrepender-me agora.

Para que amigos havia de telefonar eu que não tivessem o telefone vigiado? Qualquer passo mal pensado, qualquer movimento mal previsto, da minha responsabilidade, poderia comprometer ou, pelo menos, importunar outros. Neste momento, a tranquilidade e o sossego de algumas pessoas estavam por minha conta. Eu, afinal, não tinha relações próximas com ninguém por quem a polícia não estivesse interessada. Ou pudesse interessar-se. Uma pensão, como o primo sugeriu? Ir para uma pensão podia ser enfiar-me na boca do lobo. Não estariam lá o meu nome e os meus sinais? Mais um telefonema, desta vez para a minha mãe: «Então que é feito, filho, que nunca apareces?» «Mãe, foi alguém à minha procura? Não? De certeza?» Provoquei ansiedade, tive de inventar coisas, os seguros, um recibo, não sei quê. Consegui mudar de assunto e distraí-la das inquietações. Fui falando. Fui gastando moedas. E foi tão bom conversar longamente com a minha mãe, naquela altura, sobre coisas de nada... Apetecia continuar, continuar, conta, mãe, conta, mais, mais... Adeus, mãe, até um dia. Não foram lá a casa, mas podiam ter a rua controlada.

Tenho horas e horas à minha frente. Porquê manter este hábito de cavalgar o espaço a grandes pernadas? Vamos devagar, gozemos a Rua da Senhora da Glória, a descer e a subir, os prediozinhos pequeno-burgueses, de modestos reformados, operários especializados, pacatíssima gente que vai às compras de chinelos e lava o precioso automóvel à porta de casa, aplicada, em pijama, com baldes de zinco e detergente. Olha a igrejinha em barroco pobre, fechada para armazém, logo atrás da cabina, no largozito. Não há nada que ver aqui. Não posso fazer passos, para trás e para diante, as velhas em frente do lugar da hortaliça já repararam em mim, o velho que passeia um rafeiro anafado, triste, a bambolear-se nas patas cansadas, não tarda e mete conversa comigo. «A vida, amigo, já não está para a gente», e gente era-lhe também o cão. Talvez duma janela qualquer alguém tenha notado que aquele tipo alto, sem gravata, já passou três vezes, sem destino, depois de virar sobre os próprios passos, ao fundo da rua e ao cimo da rampa. Hesito em voltar ao carro, lá para baixo. E se eles já deram com ele? Andarão, de matrícula anotada, à procura do meu carro? Assusta-me a passagem, de novo, pelo Largo de Santa Clara, varrida a feira, e eu tão exposto. «Enfiado por todos os azimutes», como dizem os da tropa.

O estabelecimento, de abandonada montra de garrafas e porta férrea de correr com gancho, acabrunha-se na esquina do cruzamento da Rua da Senhora da Glória com a Rua das Beatas. Dentro, apresenta demasiados vidros e alumínios para tasca e demasiado vasilhame de pau encardido para leitaria. Progride de taberna (serradura no chão) para o modernaço (máquina de café), ou regride ao inverso. Carrega-se ali nos bagaços e nos copos de três, que podem ser animados pelo furor melódico da enorme caixa de música, que faz lembrar a do filme *O Gigante,* coberta de luminárias marcianas, a piscar coloridos. Uma moeda, dez tostões, os Beatles, Alfredo Marceneiro, Os Doors, Os Conchas (tchiribari-papa, tchiribari-papa...) ou o miúdo da Bica. Vale a pena escorropichar a moeda só para observar o sortilégio dos maquinismos. O disco a deslizar, a escorregar no prato, o braço do gira-discos a exibir-se ao alto, em sacudidelas medidas, antes de aplicar-se convictamente nas estrias para despiralar os ritmos. Tecnologia dos anos cinquenta que eu imaginei manejada com desembaraço, desencravada a poder de joelhómetro, pelos melómanos de esquina.

O dono, arruivado, tem rugas de marinheiro, de sal e sóis, e ocupa-se a manter a cabeça pousada sobre a repousada mão, ponteada de sardas. Face grossa, vasto pescoçame lasso. O ar desalentadamente enfadado desmente o companheirismo do letreiro que oscila num caixilho envidraçado, pendurado duma pipa alta, carinhosamente desenhado a letra gótica e bordado com florinhas: «Freguês não tenhas medo / de ficares com um grão na asa / que a gente guarda segredo / e vai-te levar a casa.» Quatro mesas de fórmica e ferro, de um verde pouco convencido. Um cheiro a húmido, com pintas de azedo. Sentado junto à montra, onde se empilham garrafas de rótulos desbotados pelo sol, um sujeito constrói um castelo distraído, com pedras de dominó que, na contraface, ostentam restos coloridos de beldades em biquíni. Não sei se interrompi uma paz de almas. Nenhum dos homens me prestou qualquer atenção quando entrei e me sentei junto à porta, de costas para o manipulador do dominó. Nas minhas circunstâncias (vinham-me reminiscências de filmes sobre pistoleiros), convinha-me estar sempre de frente para a porta, ainda que isso pudesse magoar os sentimentos de cortesia dos bêbedos de bairro.

Pedi uma sanduíche de queijo. «Queijo não temos. Só se for de presunto.» Viesse a de presunto. O homem foi remexer num saco de serapilheira, que continha o pão, e, enquanto cortava o presunto com uma faca de serrilha, começou uma conversa, a substituir uma outra qualquer, que eu havia interrompido com a minha entrada importuna.

«O tempo está fusco, está de trovoada.» O outro: «Tá de trovoada, o quê? Em Abril? Você com tanto ano de mar ainda não sabe distinguir o céu de trovoada? Isto não é nada, mano, isto vai limpar.» «É de trovoada, sinto nos ossos!» «A ateimar.» «Pronto, mano.» Um instante de silêncio húmido, e ouvi atrás de mim ruir, num matraquear estralejado, o castelo de dominó. Uma pedra precipitou-se perto da minha mesa, embebeu-se de serradura. Assim a entreguei ao possuidor e mereci um «obrigado, amigo» dele. E, com a sanduíche, reclamei um copo de vinho porque tive vergonha de pedir leite ali, entre marinheiros. Tratavam-se por «manos» e não tinham ar de irmãos. Linguagem de bairro? As coisas que eu não sei.

Abri o *Diário de Notícias,* mais para não ter de participar em conversas do que para me informar. O caso que me interessava, quem teria sido preso nessa manhã, não vinha no jornal. Abria com um editorial suculento, intitulado «Balas de Papel», que deixei para ler mais tarde, em tendo paciência. «Campanha eleitoral em França, guerra sem quartel entre os dois candidatos principais da coligação governamental.» Vou folheando, nada que me atraia especialmente. Anuncia-se para amanhã a estreia, no Londres, de *Hiroxima, Meu Amor,* «obra admirável, diamante intacto», diz o reclame. Já não terei oportunidade de ver. Em Moçambique, o governador da Beira garante que «perseguiremos o inimigo até ao seu completo aniquilamento». Leio a tira de *A Ilha Negra* de Tintin. E sou informado de que o Sporting se prepara para jogar contra o Magdeburgo, na Alemanha de Leste, «conhecida na gíria política e geográfica por a república de Pankov».

Os dois homens ainda teimaram molemente sobre a meteorologia, que pareciam controlar ali, do fundo da baiuca, e depois passaram ao futebol, matéria em que se mostravam muito concordantes. Que o Sporting tinha obrigação de ganhar, porque os alemães não jogavam nada, dizia um. Mas eram atléticos e disciplinados, cheios de físico, respondia o outro. Então os orientais ainda mais disciplinados que os de cá. Mas tinham um jogar esquemático, pesado, sem imaginação nenhuma, essa é que era essa. O pior era o árbitro ser um inglês, e os ingleses sempre nos tiveram azar. O do dominó ia ver o jogo na televisão, às seis, a casa dum vizinho. E o tasqueiro disse: «Eu cá me arranjarei.» A conversa derivou para a perspectiva de o Benfica contratar para treinador um tal Pavic, jugoslavo. Espraiaram-se a falar sobre bola. Usavam termos técnicos. Tinham opiniões. Exemplificavam com gestos lentos. Repetiam-se, arrastavam a palestra, com pausas enormes.

Contemplei, num reflexo de vidros, o homem na mesa, atrás de mim. Calvo e pesado, alinhava de novo as peças do dominó em castelo, entre os dedos grossos, enquanto ia acudindo às deixas. Aquela conversa não era a normal de dois marinheiros a tagarelar numa espelunca. Os marinheiros deveriam contar o que aconteceu um dia ao largo de Singapura, mentindo, ou quando muito da sua corriqueira vida de agora, reformada. As vozes soavam-me a falso, a águas doces. Com a minha entrada, os homens deixaram de se sentir à vontade. Desconfiavam de mim. Um estranho, de fora do bairro, a fazer horas? Para eles, eu devia ser um fiscal, um polícia, um beleguim. O letreiro sujo que enfeitava agora uma prateleira, anunciando que as bebidas expostas se destinavam ao consumo da casa, estaria ali quando entrei?

Não sei qual o maior desconforto: se ser tomado pelo trânsfuga que era, ou pelo polícia de que eles suspeitavam. Não sabia bem o que havia de fazer ao jornal, que muito extravasava da mesa. O presunto era rançoso, o pão elástico, o vinho áspero. Pagar e ala, deixá-los a murmurar. E se a desconfiança fosse a certeira? Se estivessem ali, por hipótese, dois legionários? Era eu a levantar-me da mesa e o do balcão a pegar no telefone. De novo me interroguei sobre o dilema que nunca mais haveria de resolver: defendia-me melhor na multidão, ou nos reservados?

«São horas, mano. Tenho compromissos.» O que estava sentado à mesa desfez com estrondo o castelo de dominó e espalhou meticulosamente as pedras, de maneira a não ficar uma sobre outra. «Isto é que é um comerciante.» E o do balcão, aproximando-se de mim: «O amigo desculpe, não leve a mal, tenho de fechar para ir ao dentista. Não há ninguém que me tome conta da loja. Aquele ali bebia-me o vinho todo.» O outro protestou. E assim se viram livres de mim, e eu deles.

Sérgio, Sérgio, velhíssimo Sérgio, que abraço forte e antigo, sonoro de fazer eco. Um reconforto, reconhecer o jeito aéreo, olhos esverdeados de olhar para ontem, cabelo desalinhado, pulôver da moda curtinho, às três pancadas, os dedos esguios, amarelos dos cigarros, sempre irrequietos, o hábito de passar a mão ossuda pela nuca e dizer «ora bom!». Sérgio, vê se me ajudas, pá!

Sérgio olhou aplicadamente em volta, numa panorâmica circunstanciada. Àquela hora, no alfarrabista, apenas um velho senhor, de óculos de vidro grosso e sobretudo fora de estação, farejava pelas estantes. No balcão, quase encostado à montra, o outro empregado lia *A Bola*. À medida que me ia ouvindo segredar a um canto da sala, Sérgio passava o indicador pela manga do pulôver, insistentemente, como se quisesse apagar qualquer mancha obstinada. «Que chatice, pá, que chatice.» E o dedo abandonava, enfim, a azáfama na manga do pulôver para ir esgaravatar, algures, atrás da cabeça. Depois empurrou um *Armorial Lusitano* e certificou-se de que ficava alinhado com os outros cartapácios da prateleira.

«Tens a certeza de que não foste seguido?», perguntou-me. Não respondi, ele continuou: «Isto aqui não é sítio para conversarmos. Espera-me lá fora, no café, daqui a, digamos... dez minutos.» E desapareceu pela porta que ia dar não sei aonde, presumo que ao escritório da loja. Mas ainda eu não tinha avançado dois passos quando senti a mão de Sérgio fincada no meu braço. «No café, não! É imprudente. Vamos passeando. Ts, que boa chumbada, pá!» Com um piparote, atirou fora o cigarro que acabara de acender.

Eu tinha pedido a Sérgio, muito simplesmente, que me arranjasse um lugar para passar a noite. Sérgio queria conversação. E reuniu forças para manifestar duas coisas. A primeira foi dita de rompante, em tom seco e oficioso, com o ar mais alheado e autoritário de que era capaz. O funcionário do Partido, já há meses, havia-o proibido de contactar comigo, fosse por que via fosse. Razões conspirativas que tinham que ver com as tarefas desempenhadas e com as exigências da compartimentação. Ele bem protestara, que éramos muito amigos, que era absurdo, que as pessoas iam reparar. Mas o camarada mostrara-se inflexível, duma insensibilidade de pedra. Proibira. Pronto. Definitivo. Nem tinha podido ir ao funeral de Marília. Nem um telefonema, nada. Pedia desculpa, mas... Respondi que compreendia a situação, já tinha passado por coisas parecidas. Mas tratava-se dum caso de emergência, absolutamente excepcional. Era só por uma noite.

Sérgio acelerou, em silêncio, passadas largas, inutilmente apressadas. Cigarro acendido, cigarro atirado. Alcancei-o. Mordia os lábios, a cara contraíra-se-lhe e envelhecera uns anos, de um momento para o outro. «Além disso... ih, pá, o sacana do gato, o salto que ele deu!» «Além disso, o quê, Sérgio?» Sérgio parou na esquina, baixou a cabeça por instantes, para logo a levantar e fitar olhos em mim, com decisão: «Desliguei-me do Partido, pá!» «Que é que tem?» «É preciso que saibas!» Tinha pensado muito. Compenetrara-se de que era, no fundo, um cagarolas, um cobarde. Mal a polícia lhe aparecesse, desmanchava-se, borrava-se todo, contava tudo. Tinha um medo insuperável da dor física, do sofrimento, não era feito para aquilo. Depois, não podia abandonar a mãe, sozinha, com setenta anos. Ele fazia questão de pôr tudo em pratos limpos. Ele não dava garantias. Ele ia-se abaixo. Ele traía. «Mas, Sérgio, deixa lá isso agora. Eu só preciso dum sítio para esta noite.» «Não pode ser nada, amigo, não pode ser nada.»

Oh, Sérgio, não me faças isso, não me chores agora no meio da rua, pá. Tu és um moço porreiro, Sérgio, tu tens um coração de ouro, Sérgio, tu nunca na vida serás capaz de fazer mal a alguém, nem capaz duma mesquinhice, duma sacanice, mesmo pequenina, mesmo por distracção. És um tipo franco e leal, como tu não há outro, Sérgio, Serjão, meu amigo, meu irmão, não estejas tão em baixo, não chores, pá, os homens não se medem assim, não te martirizes, não te mortifiques, se não és capaz arreia, não há problema, pá, olha os valentões, os atletas da tortura, os de peito feito foram-se quase todos abaixo... Fuma, sim, fuma, é o vento que te apaga os fósforos, protege o cigarro na mão, pá!

Eu só te pedi um quarto por uma noite, Sérgio, basta fazeres uns telefonemas, procurares uns contactos, e não é pelo Partido, é por mim, porque eu sou teu amigo e estou à rasca, Sérgio. Tanta vez me lembro de ti, Sérgio, na Veiga Beirão, a animares-me, «Viva o Humberto Delgado», a escreveres «liberdade» no tampo da carteira com o bico do compasso, e a dares socos no ar quando levámos os dois porrada de um magote de imbecis indignados. Fomos juntos à inspecção militar, pá, com a morte na alma, e ficámos livres, Sérgio, a tua asma, o meu sopro no coração, saímos do hospital militar, daqueles intermináveis exames no mesmo dia, e fomos embebedar-nos n'Os Perus e trepámos de gatas as escadas das gémeas putas, em Arroios, num prédio que cheirava a mijo, pá, e fartámo-nos de rir, rir, pá. E no cineclube, Sérgio, tu eras um sorna, não fazias nenhum e todos te estimavam e achavam graça, Sérgio. E, muito rogado, nas festas, acabavas por cantar o *Old Man River*, e eu quis convencer-te a ires para o coro do Lopes-Graça, mas tu, por modéstia ou por preguiça, encolheste-te, pá. E os panfletos fininhos que enfiávamos nos escapes dos automóveis e aquela porcaria caía, ploc, num rolo compacto, e não servia para nada, e a bebedeira de cerveja que tu apanhaste quando a Diana cortou o namoro, e o que eu te aturei nessa noite, até às tantas... Eu lembro-me, Sérgio, lembro-me de tanta coisa...

É que eu sou mesmo teu amigo, Sérgio, e também ando aqui repassado de medo, pá, não penses mais nisso, anda daí, é sempre bom ver-te, quero lá saber das ordens do outro, quero lá saber que tenhas saído do Partido, és um tipo honrado, deixa, Sérgio, deixa, estamos no meio da rua, olha que te vêem, disfarça, limpa-me essas lágrimas, atira o cigarro molhado, venham esses ossos, pá, eu cá me arranjo, pá, e, sobretudo, não chores, não chores, não chores.

«Adeus, Sérgio.»

«O senhor doutor está num julgamento. Só à tarde», diz-me a empregada esguia, de peito chato, antes de me fechar a porta na cara. Pois sim, minha senhora, puta que a pariu, eu depois volto. Agora vagueio pela Baixa, uma querença natural, e se será sítio recomendado para deambulação, no meu estado de liberdade tremida? Estou na Rua dos Fanqueiros, olho para as montras, trapos, detenho-me demorado junto à Casa das Bandeiras. Vejo-me no vidro da montra. Mau aspecto. Eis-me um empregado pequeno-burguês, um revolucionário de meia tigela, dos de cooperativa e cineclube, que nem teve tempo de pôr a gravata, acossado nas temerosas vascas da clandestinidade e sem ter grande estômago para isso. Curiosa, a bandeira da Arábia Saudita, com a cimitarra, quase a dar no reflexo do meu nariz.

E aquela inscrição, trabalhosamente caligrafada, o que significará? Se calhar nem o senhor de óculos, barbas brancas e nariz fino que está ao balcão é capaz de dizer.

Não me apetece ressubir a Rua dos Fanqueiros. O constrangimento de me ver solicitado, «faz obséquio, faz obséquio!», pelos empregados que saem das lojas, armados de fita métrica e com ela nos laçam, a querer arrastar-nos por escadas de caracol para as caves espelhadas, com cromados, onde se mostram tecidos, se tiram medidas e se entretém conversação. Lembra muito um Casbá, isto, ou a Feira Popular: «É entrar, é entrar!» Pensando bem, e se eu agora me tentasse a fazer um fato? Com as medidas, conversa, e tal, gastava para aí uma meia hora. Irrisório, encomendar um fato para um tipo que se arrisca a ficar preso durante anos, de sapatilha e calção... Ridículo e, convenhamos, um tanto desonesto. Atravessarei a Praça da Figueira? E o Rossio? Desde esta manhã que me deu a agorafobia.

Horas de almoço. Fazer tempo até que o senhor doutor apareça. Decido, pela primeira vez na vida, que, dadas as circunstâncias pode ser a última, saborear um passarinho. Há anos que ao princípio das Escadinhas do Duque, uma tasca minúscula e enfumarada, de vidraça encardida, exibe num papel gorduroso o letreiro: «Hoje há passarinhos.» O letreiro nunca foi tirado. É petisco de todos os dias. Um homem perseguido deve dar-se ao luxo de um capricho. Já que não deve ser fabrico de fato, sai orgia de passarinho. Vamos ver. Não pela Praça da Figueira, não pelo Rossio, mas divergindo pela Rua da Assunção, com um ar apressado de quem vai com destino. As lojas estão fechadas. Os empregados vestiram os seus casacos, aferrolharam as portas e vão comer a sua tosta mista com galão. E eu, sentindo-me por dentro como a esconder a cara com a banda do casaco, demando convictamente, por vias travessas, os passarinhos.

A tasca é um cubículo imundo. Destoo no ambiente. Meia dúzia de tipos acotovelam-se ali dentro e falajam. Numa prateleira de vidro baço, sandes de ovo e pastéis de bacalhau. Numa sertã a chiar sobre um bico de gás, um monte de desgraciosos pássaros exibem uma nudez oleosa, lívida, deplorável. A cada sacudidela que o tasqueiro, de camisa de flanela aos quadrados, dá no cabo da sertã, os bichos decapitados revolvem-se e rolam uns sobre os outros. Um fulano de grande envergadura, lábios grossos e lambidos de vinho, para o dono da tasca: «Olhe, meta--me aquele passarinho num pão. Não, não, aquele!» Desando dali.

«Mas isso é uma grande complicação. Um grande sarilho, meu amigo.» O advogado, enfim, e a conversa já ia longa, torcida e basto equivocada. Esperei duas horas e meia numa sala poeirenta, de sanefas castanhas puídas, em que havia quatro cadeiras desirmanadas em volta duma mesa redonda de pé de galo, com exemplares da *Flama* e da *Seara Nova*. Numa outra mesa estreita, a empregada de carrapito, que, de vez em quando, me deitava olhares suspeitosos, passava documentos à máquina, numa *Royal* preta, luzidia, pesadíssima. Além de mim, penavam dois clientes. Uma mulher de escuro, curvada sobre a mesa, a pensar na vida, e um velhote de colete axadrezado que se sentava de mãos na barriga e murmurava, de vez em quando: «Ai, vida.» Funéreo. Volta e meia uma porta abria-se, e um sujeito, em mangas de camisa, perguntava à empregada se «a Carolina já tinha chegado». Depois, deitava-nos um olhar dominador e fechava-se de novo no seu gabinete. Não cheguei a saber se a Carolina chegou ou não. Entretanto, a mulher de preto foi chamada, o velhote do colete desapareceu e a empregada, depois de se demorar uns instantes lá dentro, veio perguntar-me o nome e inquirir da parte de quem eu vinha. Dei um nome inventado e disse que era pessoal e muito urgente. O doutor admitiu-me no gabinete, dominado pela grande secretária de pau-preto e que não mostrava melhor arrumação e gosto que a acanhada sala de espera. Na parede, um azulejo que dizia: «Ao advogado, ao médico e ao padre contar a verdade.» Por detrás da secretária, uma gravura de Daumier, muito enrugada, com causídicos aduncos, de olhar sinistro. Era difícil perceber como é que um homem podre de rico se instalara num escritório tão miserável. Talvez os clientes tomassem o mau gosto dos trastes como atestação de austeridade apropriada aos assuntos do foro. Talvez fosse tradição, ou talvez ele, como o pretor, não curasse de pormenores.

«Bem, se houver problema a sério, detenção e tal, conte comigo. Pode passar desde já uma procuração.» «Não é bem isso, senhor doutor, eu queria só que fizesse o favor de me arranjar um sítio para passar a noite.» «Hum?», e o advogado assestou em mim os óculos e aplicou-se, mais uma vez, a estudar-me.

Desde o princípio da nossa conversa, ora se tinha mostrado solidário com a minha situação, ora assustado, ora fortemente desconfiado. Tão depressa me dizia «Coitado, mas que encalacrando, hem?», como «Bem vê, eu sou um profissional, de ideias democráticas, é certo, mas...», como ainda «Tem a certeza de que ninguém o viu entrar para aqui?». A despropósito chegou a divagar, com preciosismo de palavras, como se estivesse na teia, sobre a «sociedade do futuro», com citações de Platão e louvores à democracia inglesa. O homem sentia-se perdido, olhava amiúde para o relógio e queria, manifestamente, ver-me pelas costas, mas sem me ofender, mesmo no caso de se convencer de que eu era um agente provocador. A minha insistência obrigava-o a mais perguntas: «Mas porquê eu, porque se dirige a mim? Há tanta gente que...»

Não podia dizer-lhe que o procurava devido a uma inconfidência inadvertida dum funcionário do PCP. Podia dar-lhe um chilique. Falei-lhe à vaidade: uma personalidade democrática, de grande coragem cívica, que tinha relações, conhecimentos, e não me ia deixar ao relento, decerto. Mas o advogado aproveitou para me explicar amiudadamente como era perseguido pela polícia, como tinha todos os passos marcados, o telefone vigiado, o automóvel referenciado, sempre pelo menos dois pides em frente de casa. Não podia dar um arroto que a polícia não soubesse. Ali no escritório, vá lá, entravam e saíam clientes, empregados, estafetas para vários advogados. Mas ele era de certeza o pior contacto de que eu tinha conseguido lembrar-me. Contou histórias, antigas e recentes, de perseguições, de provocações. O mais que podia fazer por mim era deixar-me permanecer ali no escritório até à hora do fecho, lá para as sete. Ele sairia pelas cinco e meia, mas a empregada ficava. Sempre passava o tempo, podia folhear revistas. Percebi que ele queria ir para casa, ver a bola. E, agora, pedia muita desculpa mas tinha que se ocupar dumas alegações para o Supremo. E que tomasse cautela, cautela... E deu-me um efusivo, inesperado, abraço: «Coragem, hem?»

Ainda fiquei por algum tempo na sala de visitas, ao som da

decrépita máquina de escrever, a olhar para as caixeirinhas do armazém do prédio em frente, que vinham à janela aos grupos, com risinhos muito álacres e chamativos, por não terem, de certeza, patrão na loja. Depois cansei-me, desci as escadas lôbregas, cobertas de azulejos lascados, e decidi retomar o meu automóvel.

Vou vivendo num pobre país distante, submerso de entulhos e cinzas. Amesquinhado, não digo maldito, porque lhe falece dignidade para purgatório, quanto mais para infernal. Aqui nada se cria, nada se transforma, tudo se roja, até os abafos de raiva. Qualquer sobressalto, qualquer lampejo, qualquer rasgo de alma serve para em boa hora ser soterrado e banido. Ou para ficar para aí, aos caídos, murchando, inócuo e triste. Andamos há quarenta e oito anos segredando a revolução para os próximos. O meu avô dizia: «Isto já não dura muito», o meu pai: «Está por pouco.» Ambos abalaram, nada mudou, tombam espessos os anos. Toda a vida, desde miúdo, tenho ouvido, ciciadas, convictas, definitivas profecias. «Está para breve», «Desta vez será». Nada. A remesma paisagem de tristezas. Para a próxima, para a próxima... Cantam os amanhãs, cantam, nos nossos papéis e nas palavras de consolo que trocamos. Aguentar as posições na cooperativa. Aguentamos.

O tal artigo de fundo do *Notícias* de hoje intitula-se «Balas de papel» e insurge-se contra «certa imprensa estrangeira que se encarniça contra nós», a qual «profetiza desgraças, imagina desenlaces, como se o fim do regime estivesse à vista, ou as figuras que o representam houvessem deixado de merecer a confiança do País». E, se calhar, têm razão, os malandros.

Outro dia, um funcionário do Partido, recolhido a horas, com santo-e-senha, numa paragem da Ajuda. Vestia muito engravatadamente, usava pasta de couro gasto, fazia gestos brandos, ar de bancário tranquilamente reformado. Tinha paciência para dúvidas e maus feitios. Tomava muitas notas, em papéis translúcidos. Quando intervinha, grave, personificava o regime, numa espécie de prosopopeia, em que o monstro pensa, fala, prevê e decide. «O que é que o fascismo quer?» ou «Perante isto, como reagirá o fascismo?», «Não, camarada, é disso que o fascismo está à espera». Franzia os olhos quando nomeava o fascismo vivo. O fascismo era o Adamastor.

Já não sei a que observação, ele perguntou-me, severo: «Mas, olha lá, tu não sentes os movimentos de massas por todo esse país, o descontentamento crescente de camadas cada vez mais vastas da população?» «Não, não sinto», respondi, muito sinceramente. Olhou-me com demora. Estava a pensar rapidamente, por dentro. Por uns segundos breves recolheu o sorriso, que depois reexpandiu. A minha reacção inesperada tivera o seu quê de bruta, logo depois de uma enumeração triunfal de lutas de camponeses em Vale de Vargo, Aldeia Nova de São Bento, Vidigueira e Lavre, greves na Covina e na Sorefame e levantamentos de rancho no quartel de Tavira. Não me respondeu logo, mas, no decorrer da discussão, arranjou maneira de encaixar umas indirectas sobre «o pessimismo paralisante» e a «impaciência pequeno-burguesa».

E aí estávamos nós, a olhar uns para os outros, à conversa uns com os outros, feitos parvos. Lêem-se papéis, passam-se papéis, ampliam-se vitórias, minimizam-se as derrotas, iludem-se os desânimos. Há mês e tal, uns moços oficiais do regimento das Caldas da Rainha sublevaram-se à noite, saíram do quartel e vieram alegremente por aí abaixo. A coluna foi interceptada umas horas depois e eles renderam-se, à entrada de Lisboa. Coisas mal feitas. O costume. Que havia a esperar? Tesão de mijo. Era sempre assim. Onde é que eu já vi esta fita? A juvenil intentona vai para a lista, vai ficar na História como a da Sé, em 59. Uma frustração que preenche e satisfaz as imaginações durante mais quinze ou vinte anos.

Para o regime, nem uma beliscadura a valer. Marcello Caetano vai à televisão e trata-nos com paternalismo. As guerras coloniais que se esperava fossem mó de afogado para a ditadura vão rolando e recomendam-se. Treze anos de moenga, e para durar. Calhou-me não ir para a guerra, mas os filhos que tiver um dia...? E ninguém se mexe, digo, os do povo. Há dias, numa esquina, aos Anjos, um fulano vendia bugigangas por tuta-e--meia. Exibiu um elefante de falso marfim e clamou: «Este veio de Angola.» «Que é nossa, que é nossa, que é nossa», responsaram várias vozes no grupo. E o vendedor confirmou «que é nossa». Nem um protesto, nem um rosnido, nada. Apenas eu a passar, entristecido.

E bem que a minha vez de prisioneiro havia de chegar. A factura. Regras dum jogo jogado. Calha a todos. Os meus amigos começaram a ser presos, uma primeira vaga, vê se te aguentas, pá, coragem, homem, eh, pá!, e hoje a polícia em minha casa e no meu emprego. E ando para aqui, em bolandas, armado em clandestino, a resistir ao cansaço. Não sei se não seria melhor bater-lhes à porta, digno mas rendido: «Truz-truz, aqui me têm, não falo em ninguém, não digo nomes, façam de mim o que quiserem.» Não digo nomes... Eu fui denunciado, como não havia de ser? Que garantias tenho de que me aguento se for espremido como os outros? Ah, sim, as grandes frases, as grandes promessas de firmeza, numa reunião a três, numa casa pacata, fumo de cigarro, vozes baixo, ambiente fraterno, pela calada da noite. O desprezo com que eu acabei por tratar o Sérgio. Não estaria ele a ser mais sincero e positivo do que eu? Mas, por outro lado, pensando bem, eu nunca negaria abrigo a um amigo. Nunca? Se isto acabasse talvez nos sentíssemos menos à vontade para julgar o comportamento dos outros.

Durante quanto tempo terei de andar aos baldões? Desde esta manhã, às sete horas, que não faço parte da sociedade. Sou um fantasma. Inexisto. Passarei à clandestinidade? Esconder-me-ão em qualquer lado? Levar-me-ão para o estrangeiro? Eu não quero, isso não quero! Mas eu tenho querer?

Troco moedas numa pastelaria. Os últimos telefonemas, sem esperança. «Anda por aí um vírus, não te exponhas.» «Agora não posso dizer nada.» «Não vale a pena voltar a ligar porque a encomenda ainda não chegou.» Tudo subentendidos que me escorraçam. O percurso está todo minado. É preciso manter a cabeça fria e não fazer movimentos em falso. Parece-me que um velho com boné à Dr. Jivago parou para me observar fixamente, olho velado, descaído, com uma atenção minuciosa e retardada. É altura de sair da Baixa. Atravesso a Rua de Santa Justa e apresso-me pela dos Fanqueiros abaixo.

É então que, num impulso que não sei bem definir, mas que tanto poderia ser uma traquinice infantil como o primeiro passo duma capitulação, dou uma corrida e, no cruzamento da São Julião, salto para o eléctrico em andamento, para a Calçada de

São Francisco, na direcção oposta à que me convém. No Chiado, breve e temerária espera. O largo, a Brasileira a fervilharem de pides, eu arrependido já, tomo o eléctrico em sentido contrário, Rua António Maria Cardoso abaixo. No São Luis, a Companhia Amélia Rey Colaço-Robles Monteiro apresenta, em grandes cartazes, «Sábado, Domingo e Segunda», de Eduardo de Filippo. Passo então frente à sede da Pide, a três ou quatro metros dela. Vou sentado à janela, cotovelo apoiado no rebordo de madeira, o carro segue ruidoso, devagar, com poucos passageiros. Escondo a cara na mão em concha.

Cá está o desgracioso casarão, cinzento-lívido, com uma sala, algures lá em cima, à minha espera. Um tipo franzino, de cabelo encaracolado e casaco de xadrez cintado, deambula no passeio, indolente, de mãos nos bolsos. Deve ser um agente de serviço. Alheados, passam uns transeuntes. A porta, de grandes batentes verdes, fechada. Único sinal: duas placas azuis indicando o estacionamento privativo da Direcção-Geral de Segurança. É entre elas que o agente faz os cem passos. O coração desordena-se-me aos repelões, incomoda-me, rouba-me a atenção. Naquela casa aplicam-se os tipos que me procuraram de manhãzinha nas suas sórdidas tarefas. Talvez um deles fosse mesmo aquele lingrinhas que agora faz sentinela, pimpão a exibir o fato. Deslizo-lhes por entre as barbas. É o sentido de provocação infantil que predomina, como atravessar de noite o quarto escuro que range, andar a pé-coxinho na borda do poço, ou passar de corrida em frente do molosso atado à corrente. Como havia de ser de outra maneira? «Boa tarde», diria eu ao agente, «É da casa? Venho entregar-me». Que ridículo. Teria eu alguma vez pensado mesmo nisso? Já o eléctrico zune pela ondulada Victor Córdon, e eu penso em reganhar o meu automóvel, para as bandas de Santa Engrácia. Operação que merece aproximações bem ponderadas.

O Aljube, soturno, já desactivado mas cheio de fantasmas, onde um tio meu penou uns meses, em tempos, por ter ajudado um estrangeiro fugido. Curiosamente, era o membro mais salazarista da família, e continuou assim. «O velho não sabe nada do que se passa. Eles não contam», dizia-me. Teve enterro religioso, com missa e tudo. O meu pai escusou-se a ir, invocando uma jacobina constipação. No Limoeiro, que já foi paço, distinguem-se as silhuetas de presos, pendurados das grades altas, a oferecerem-se submissamente ao sol. Como apreciar uma belíssima e tranquila viagem de eléctrico, como só as há em Lisboa, se estas presenças funestas se me impõem a cada guinada do carro?

Passamos as Portas do Sol, o eléctrico corre entre velhas janelas de guilhotina e muros escalavrados, ainda com manchas de velho ocre. Paramos, num estrondeio de ferragens. Saindo duma taberna, um empregado da Carris, de casaco incrivelmente amarrotado, estende uma espécie de raqueta pintada de encarnado na face virada para cá. Via única. Há que esperar pelo eléctrico descendente. Aquele homem cumpre todo o seu horário de trabalho metido numa taberna, a olhar para um espelho convexo em que vê o seu colega do outro lado da curva. Devia estar sempre bêbedo, ao menos pelas emanações das pipas. Passa festivo, a tilintar e confiante, o eléctrico de cima. Pala verde. Andor. Recolhe-se o homem ao portal da taberna, com um recuo de boneco de relógio suíço, deixando espaço à máquina.

Tenho vindo a considerar e a rejeitar as várias formas de me esquecer de que o tempo passa devagar. Voltas e voltas de eléctrico como esta? O cinema? Já é tarde para passear num cemitério, tranquilamente, pelas ruas estreitas a decifrar inscrições e epitáfios e a surpreender-me, como sempre acontece, com a arte funerária das diversas épocas. Mas não sei sequer se um cemitério é o sítio indicado para um tipo fugido fazer tempo. Não percebo nada disto. Não tenho jeito para trânsfuga. Não sei o que é conveniente ou não. Nunca ninguém divulgou um manual dos fugitivos a explicar o que é oportuno fazer e não fazer. De resto, se existisse esse manual, conviria proceder exactamente ao contrário, porque a polícia de certeza o conheceria. Então, o quê?

Amanhã, se tudo correr bem, hei-de perguntar a quem se vier encontrar comigo. Cinemas, que tal? E eléctricos? E cemitérios? E pensões? Aqui me têm. Agora, orientem-me! Ensinem-me estas coisas da vida. Iniciem-me nos mistérios.

O cemitério, sim, vinha a propósito, ao menos para deixar uma rosa a Marília. Uma rosa caída, pousada, atirada? Um gesto simples, desprender a rosa dos dedos, a trilhar o meu remorso. Foi há três meses, Janeiro, chovia, éramos poucos, campa rasa. Foste poupada a estes sustos, tu, Marília, fraco consolo. O cemitério já deve estar fechado. Os cemitérios recolhem-se para tranquilidade dos vivos. Seja como for, não quero ir. Prefiro que não saibas, amiga.

Julho, na praia de Tróia, ao fim da tarde, o Sol declinava. Estávamos deitados na areia, frisada e compacta, há pouco batida de águas, a retardar com preguiça a partida para o *ferry*.

Não havia ninguém por perto, a brisa soprava risadas distantes e marulhos breves. Marília lia, eu não fazia nada...

Uma gaivota pousou na praia, duma espiral de asas que rondavam em pairo vagaroso e calado, e começou a marchar, perto de nós, marcando na superfície húmida silhuetas cuneiformes. Duas, três, mais gaivotas saltaram, parecia que a espiral se ia desenrolando de cima, vertendo-se para o solo. Asas enclavinhadas, toque em terra, asas recolhidas, passeio grave e peitudo, observação suspeitosa. Multiplicaram-se os traços, em pistas granulosas e esfareladas em torno de nós. Todo o bando e mais bandos vieram descendo, como se ali, do círculo de que éramos o centro, a terra as atraísse. Fomos deixados num espaço cada vez mais apertado, com as gaivotas a circular ordenadamente à nossa volta, como aquelas peregrinações que lentas rolam em torno da Caaba. De vez em quando, um breve rufo de asas. E o que já era multidão chamava ainda gaivotas dispersas que se vinham juntando. Em breve era um aglomerado quase eriçado de olhos parados, bicos curvos, penas pontiagudas, que rolava, cinzento e branco, todo no mesmo sentido. Fiz um gesto brusco. A massa mexeu mais rápido, o círculo alargou-se, houve pequenos sobressaltos e restolhares húmidos.

«Olha, as gaivotas», disse eu a Marília. Mas ela não prestou qualquer atenção às aves. Sacudiu a areia do corpo e informou, muito naturalmente: «Vou morrer, sabes?» «Que disparate!» «Não, não, é verdade, vou mesmo morrer.»

Protestei. Julguei haver ali uma alusão irónica a um simbolismo qualquer relacionado com o cerco de aves marinhas. Mas não. Quando Marília se levantou e as gaivotas protestaram e despediram em voo, numa áspera revoada, a encher o azul de sons, manchas e gritos, ela sorria, absorta, completamente alheada das exibições da zoologia. «Tinha que te dizer, não?» E, logo, com humildade: «Esta é uma altura tão boa como outra qualquer, não é?» Não acreditei. Mudei parvamente de assunto. Só no barco, muito a medo, perguntei: «Que querias dizer com aquilo?» «Fiz análises», respondeu. E todas as imagens à minha volta se empastelaram numa massa turva. E o arrepio que senti doeu-me em brasa. E as minhas mãos perderam toda a força e penderam.

Durante os cinco precipitados meses que a agonia durou, Marília sempre se perguntou se não me teria avisado duma maneira demasiado brusca e inoportuna. «Sabes», disse, «não estamos preparados para estas coisas. Ninguém nos informou de quando seria o momento próprio para anunciar uma morte». E sorria e desculpava-se.

Seguiu-se uma escalada contínua e injusta de inútil crueldade, e se Deus existisse eu havia de lhe pedir contas disso. «Pois Tu não Te condoeste, mais uma vez, não Te condoeste?» Não era a destruição da minha mesquinha e limitada felicidade: que me lixasse eu. Foi a diluição tenaz e desapiedada daquele pequeno corpo na dor e na humilhação do sofrimento de todos os dias. Uma atrocidade. Marília tinha vinte e seis anos. Era uma boa alma. Não merecia!

Inelutável, chegou a altura do internamento e eu tive que disfarçar as lágrimas. Os médicos eram experimentados e afáveis. «Viu que ela hoje estava mais animada? Arrebitou um bocadinho, hem? Está mais coradinha.» Não era verdade. Eu percebi que também fazia parte dos cuidados deles levantarem-me o ânimo. Gente capaz, competente, ainda não conformada com o facto de a doença ser mais forte e os vencer quase sempre. Passei a sair da editora mais cedo, para tomar a refeição com Marília. Às vezes fazíamos planos de mudança de casa, de criar filhos, de mudar de empregos. Exagerávamos, ríamos. Era um jogo. Depois, Marília foi entubada, deixou de tomar refeições. Calou-se. Deixou de articular. Apenas gemia. Eu limitava-me a estar para ali, na penumbra do quarto, a segurar-lhe na mão. Não queria que o tempo passasse. Os médicos já não me diziam nada. Batiam-me no ombro, com simpatia, e seguiam.

Ia chegar mais tarde naquele dia, porque tinha um encontro conspirativo marcado para as seis horas, para os lados de Belém. Rotina, ao que eu pensava: credenciais, contactos e papéis. Apareceu-me o camarada do costume, hoje preso, mais enervado que o habitual: «Houve um percalço. Faltou um transporte. Tens de levar um amigo imediatamente para fora de Lisboa.» «Mas eu não posso!» «Compreende, é uma urgência. Há um enorme risco se não for cumprida a tarefa.» «Tenho a minha mulher a morrer.» Ele levou as mãos à cabeça, desesperado. «Desculpa, mas tem de ser. Tens de fazer um sacrifício.» Até Santarém. O camarada que eu levava era taciturno e de poucas falas. Procurou consolar-me pelo caminho, enquanto eu conduzia. Isto não era um capricho do Partido. Estavam coisas importantes em jogo. Despediu-se, junto à Igreja de São Francisco, com um «Boa sorte, camarada, para ti e para os teus».

Quando cheguei a Lisboa, eram dez da noite, irrompi pelo Instituto Português de Oncologia, indiferente às interpelações e aos ralhos. Na enfermaria estava estendida uma cortina em volta da cama de Marília. O pano, corrido sobre o palco

abandonado da derradeira fábula. *Plaudite Cives*. A enfermeira-
-chefe suspirou atrás de mim. Mas estava desabituada de chorar.

Estou debaixo da asa cinzenta, gorda, dum hidroavião e distingo-lhe as juntas, os rebites, a ponto de os poder contar. O monstro está por aqui abandonado, neste cais, vai para vinte anos e assemelha-se a um dos brinquedos de lata desses tempos. Ninguém se atreveu a pô-lo no ar, depois da explosão de um destes aparelhos de luxo na rota da Madeira. Bojudo, burguês, desenho redondo, antiquado, de janelinhas quadradas, muito domésticas, parece ter sido aqui colocado ontem, a fazer de descomunal bibelô do cais. Dá ares de intacto. Impôs a sua respeitabilidade de classe, «não me toques». Ninguém destruiu, ninguém vandalizou, ninguém roubou nada. Que eu veja, que eu saiba. De um poste, alto, uma luz amarelada esbarronda-se na névoa. Acaba de sair de baixo da protecção da outra asa um carro com um homem gordo, de patilhas (um lavrador?), e uma prostituta a pintar os beiços. Não tinha reparado que havia outros admiradores de hidroaviões nas paragens.

Agora vivalma no cais. Eu exaspero com este tempo, que não passa. A mancha fria de neblina no Tejo escurece e expande-se. Uma luz de uma pequena embarcação às vezes parece sumir-
-se entre as águas, para ressurgir mais adiante. A iluminação das povoações da outra margem, difusa e indecisa, mal pica a névoa. Faz mais frio o adivinhar-se o frio que te enregela as águas, manso rio.

Recuperei o automóvel e jantei peixe frito e requentado num restaurante ao lado da Casa dos Bicos. Aí fui informado, sem perguntar nada, de que o Sporting tinha perdido por dois a um contra os alemães, que não ligavam à técnica e à arte e só pensavam era naquela foçanga de meter golos. Deixei-me ir ficando à mesa, até o patrão começar aos bocejos. Logo, a continha e andor.

Não me foi fácil aproximar-me do carro. Parti do princípio de que, pela matrícula, ele já estaria localizado pelos polícias, legionários e informadores de Lisboa, rancorosos e atentos. De maneira que resolvi manobrar, acautelado, se não ajeitado, nos meus zelos de principiante clandestino. Circunvaguei, passei para cima e para baixo, até prova em contrário considerei que eram da Pide todos quantos se abeiravam do carro, nem que fosse apenas a passar. Depois aborreci-me, precipitei-me, e o motor arrancou aos soluços porque o carro estava de novo frio e inclinado da ladeira. Despertei muitas atenções, mas parece-me que eram divertidas, e não hostis.

Escolhi vir passar a noite debaixo da protecção apessoada do velho hidroavião, de que me lembrava vagamente. Custei a encontrá-lo. Mas o frio do cais dá-me que pensar. O sítio é bom, desviado, sossegado, mas não posso pernoitar de aquecimento ligado, com risco de ficar sem bateria. Há uma manta velha no porta-bagagens, cheia de manchas de óleo e de buracos. Para a ir buscar terei de vencer a repugnância e a preguiça de quem apesar de tudo não se sente mal, por enquanto, a apreciar o rio, o hidroavião, a deitar contas à vida e a amaldiçoar a pasmaceira do tempo.

Toc, toc, à minha esquerda, e o meu sossego salta. Está um rosto encostado ao vidro a olhar-me com interesse. Abro, desconfiado. Uma continência. É um polícia. «Boa noite. Os seus documentos, por favor.» «Estou catrafilado», penso.

Lá remexo nos interiores do casaco enquanto considero a hipótese de pôr o carro a trabalhar e de me desenfiar a poder de acelerador. Não confio na minha perícia. Ainda por cima tenho as mãos geladas. Um movimento em falso e era capaz de ir parar dentro do rio. Se conseguisse dar a volta, podia haver gritos, tiros, chatices. Era melhor não aventurar. Tenho trinta anos, idade para ter juízo. Lá passo para a mão do homem o bilhete de identidade e a carta de condução. Ele folheia, vê e revê, com uma atenção esmiuçada. Alonga-se, efeito da má luz ou das más letras. Enervante. Dá a impressão de estar a soletrar tudo, vagarosamente, até as indicações tipográficas. Olha de repente para mim. A fotografia condiz. Sossega.

«Então que é o que o senhor está aqui a fazer?» Estende-me os documentos. Bom sinal. «É proibido, senhor guarda?» «Estava à espera de alguém?» «Não, senhor guarda, vim para aqui ver se dormia um bocado.» «Então você não sabe que o pessoal não pode dormir nas viaturas?» Eu, francamente, não estava ao corrente, embora tivesse obrigação de calcular, porque tudo é proibido nesta terra. «O senhor mora onde?» Declinei a morada da minha mãe, que era a que constava da carta de condução. Ele espreitou para dentro do carro, talvez a certificar-se de que não estava lá mais ninguém. «Tem a chapa de identificação?» Apontei-lhe o rectângulo de plástico, com um competente S. Cristóvão a prateado, que estava colado ao *tablier*. «Hum, isto não me cheira nada bem», resmungou o guarda, a coçar o queixo. Não sabia o que fazer de mim. Levar-me para a esquadra, preencher papeladas em triplicado devia dar-lhe muito trabalho. Preferia, com certeza, que eu o convencesse de que estava dentro do terreno da boa-fé e da licitude, para boa consciência de ambos. Foi o que eu tentei.

«Qual é a sua profissão?» «Empregado do comércio.» «E o que está aqui a fazer? Anda às gatas?» «Bem vê, uma desavença doméstica...» «Quê?» Vi-me obrigado a regular a pontaria da linguagem: «Chateei-me com a patroa. Saí de casa.» Caiu uma pausa, ponderosa, pejada de implicações. O polícia estava a pensar. Isto já lhe puxava para o sentido social. «Homem, você não tinha lá um divã?» «Preferi sair.» «O que não falta aí são pensões.» «O meu orçamento não admite extravagâncias.» «Quê?» «Não tenho dinheiro para pensões.» «Ah!»

O homem olhou demoradamente para o rio. O Tejo é, tradicionalmente, fluido fornecedor de frases. Nele buscou o agente inspiração, para me declarar: «Isto as mulheres, sabe, é preciso é autoridade, mas com jeito.» Estava enunciado o princípio que eu não quis aprofundar. Não me convinha estar ali a trocar filosofias, à meia-noite e tal, com um representante daquela ordem de que eu andava fugido. «Isto o melhor é o meu amigo ir para casa, assim de mansinho, e depois amanhã de manhã logo vê. Agora a dormir aqui no cais é que não pode ser.» «E se ela não me deixa entrar?» «Imponha-se, homem, para que é que lhe serve essa barba que tem na cara?» Estava amigável e protector. Fiz gestos de conformidade, pus o motor em marcha e sorri. «Então boa noite, senhor guarda.» «O carro aqui fica pouco estético, está a ver?» E ainda repetiu, enquanto eu manobrava para dar a volta: «Pouco estético.»

Na Avenida 24 de Julho há uma bomba de gasolina aberta toda a noite. «Encher o depósito.» Desandar. Fazer mais tempo.

Atrever-me à ponte. Não sei se foi da conversa com o polícia, impunes as trapaças, se do calejo de um dia fora-da-lei, com um multiplicar de práticas que me deixaram incólume, eu estou a sentir-me veterano nestas lides. A ideia de sair de Lisboa, que esta manhã me assustava, não fossem as portas da cidade estar vigiadas por minha causa, com o meu retrato por todo o lado afixado, parecia-me agora razoável. Ir por aí fora, ao abrigo de polícias dados à estética e de sustos próprios da cidade. Atravesso a ponte, passo a portagem, o posto da GNR, ninguém me incomoda. Em qualquer lado, no meio de todos estes sentimentos contraditórios e desfeiteando o grande susto, tremeluz a tal sensaçãozinha de despeito por eu afinal não ser tão importante para a polícia como cheguei a considerar-me. Sigo devagar, o trânsito é escasso, tenho ainda sete horas pela frente.

Solidão, melancolia e saudade, depois de ter deixado a imperial Lisboa, aonde tenciono voltar lá mais para a madrugada. Sou definitivamente um homem urbano. Mal saio da cidade, ainda a vejo, ainda a ouço, começo a ter vontade de tornar para ela, meu local ameno. É sempre com desconforto que me desligo de Lisboa. Pena não ter música no carro para compensar o sentimento de falta. Não tarda Setúbal, para lá dos montes e das curvas. Regressar? Porque não por Vila Franca? Passo o túnel sob o caminho-de-ferro, percorro os subúrbios da cidade adormecida e rumo ao Sul.

Os primeiros sobreiros, na sua pacatez contorcida, cintados de branco, oferecem-se-me aos faróis. Para além, a espessura ameaçadora da noite cerrada, governada pelo quarto crescente. Eu sei que, de dia, esta paisagem resplandece e canta. Mas a estas horas parece ocultar qualquer coisa de misterioso, de tenebroso, e receio que a luz do carro vá assarapantar, debaixo duma azinheira, qualquer reunião de encandeadas bruxas.

Os velhos deuses, esquecidos, desempregados, ainda passearão pelos seus domínios, lamentando-se, à noite? Endovélico, por exemplo, que será feito do imortal Endovélico?, de que fonte sairá, triste e coberto de terra, há tantos anos sem receber mensagens carinhosas nas lápides e sem presidir às romarias coloridas, iluminadas por mil lucernas?

Ei-lo ali, sentado na borda da estrada, esquelético, de grandes barbas encanecidas, seminu, argolas e vírias de ouro soltas nos braços descarnados, a olhar para mim: «Eh, Endovélico, ó amado deus dos indígenas, estou metido em alhadas, protege-me, pá.» Endovélico responde, voz cava e olhar mortiço: «Ó jovem, em verdade te digo, abre-me esses olhos senão estampas-te contra um chaparro.»

Travo de repente, num sobressalto. O automóvel derrapa na berma da estrada, e a guincharia dos travões ajuda-me a despertar. Valeu-me um toque no volante, no último instante, mesmo à beira da valeta. Endovélico interveio a tempo, fez-me o jeito. «Obrigadinho, ó divino! Eu depois deixo a lápide!» Saio do carro, espreguiço-me, dou uns passos frouxos de pernas dormentes. Negros sobreirais de um lado e do outro da estrada, completamente deserta. Único ruído, manso e tranquilizador, o resfôlego da máquina. Gelada, a noite. Regresso a tiritar, disposto a seguir viagem e a não me deixar adormecer ao volante.

Em Águas de Moura desvio para Pegões, com intenção de me fazer à Recta do Cabo. Sobra-me tanto tempo ainda. Em Porto Alto, numa decisão súbita, corto para Samora, a caminho de Santarém, e vou coleccionando vilas brancas rendidas à noite, tudo silencioso e fechado. Na vala da estrada dois picos de luz intensos. Os faróis iluminam uma raposa, tranquilamente sentada a fazer horas. Atravesso finalmente uma ponte. Reluz uma placa que diz: «Lisboa.» Estou cansado de conduzir, mas alenta-me o perceber que não me enganei no caminho e que regresso à minha cidade.

São três da manhã e, depois desta volta de estradas desimpedidas e fachadas desertas, tenho a primeira contrariedade. Obstrui-me o espaço a massa escura dum camião militar de toldo. Os faróis varejam o interior do camião, que tem a cobertura arregaçada, à retaguarda. Soldados de capacete, sentados, de *G3* empinada entre os joelhos, olham-me indiferentes. Não vão interromper os seus ensonados pensamentos por causa de um carro paisano. Desvio-me para a esquerda, para ultrapassar, mas a curva que torce adiante mostra-me, desdobrado, um interminável alinhamento de faróis. É uma coluna. Não se pode ultrapassar uma formação militar. Proibido. Vou penando, a quarenta à hora, atrás do camião ronceiro. Pelo vidro entreaberto entra-me um cheiro fuliginoso a escape. Luzes atrás de mim. Sou o primeiro da fila de espera. Outros carros noctívagos vão abrandando, à velocidade pachorrenta da tropa.

Aí temos nós mais uma leva para as Colónias, pela calada da noite, para não atrapalhar o trânsito nem dar rebate. O condutor que me segue tenta ultrapassar, em transgressão, e entremear-se na coluna. Soa uma sirene, forte, o carro, obediente, trava e retoma a mão agora à minha frente. Tenho de me conformar até perto de Vila Franca. Vinte quilómetros de moenga.

Deve estar-me na massa do sangue. Apresso-me e impaciento-me mesmo quando não tenho nada que fazer. Quando ontem caminhava pelas ruas da cidade, à toa, apercebia-me de que os meus passos tomavam a cadência de quem se dirigia a qualquer lado, com pressa. Por várias vezes tive de reprimir a aceleração e forçar-me a caminhar sereno, apenas por não haver nenhuma razão para estugar a marcha, com o tempo a sobrar. Agora, a mesma coisa. Faltam poucos quilómetros para a auto-estrada e aqui me sinto eu, numa grande ânsia de passar adiante, quando devia estar agradecido à tropa por me entreter os instantes. Restam ainda quatro horas, mais que tempo, para o meu decisivo encontro.

Para onde irão estes magalas noctívagos? Angola, Moçambique, Guiné? Seguem conformados, como manda a ordem, enregelados de frio. Ao baixar os faróis distingo o lume dos cigarros na caverna de lona. Obedientemente, passivamente, lá vão cumprir fados em África, eternizar as guerras, comer o pão que o diabo amassou. E estes moços resignados deixam-se ir, matam, fazem-se matar, sem um rasgo de rebeldia, sem um impulso de revolta. Há *graffiti* em Lisboa, pintados apressadamente a nitrato de prata: «Abaixo a guerra colonial.» Quem liga? Pobre gente afeiçoada ao fatalismo, que se deixou condenar às armas, sem termo. Um dos moços que vão no camião cabeceia de sono. O capacete descai e ele volta a compô-lo, por cima do quico. Daí a nada, já está outra vez, de queixo sobre o cano da arma, com o capacete a forçar-lhe a cabeça para baixo. Novo sobressalto. Os companheiros parecem rir. Há gestos bruscos que logo se recompõem. O que é que eles estarão a dizer agora?

A estrada alarga, as viaturas militares animam-se de mãos a acenar, dando o sinal de passagem. Ultrapasso a coluna que ronca e ronca e nunca mais tem fim. Rolam, desirmanadas, entre os camiões, autometralhadoras e chaimites. Quero abrandar a marcha, mas o carro atrás de mim buzina, com as notas de *A Ponte sobre o Rio Kway*. Uma autometralhadora a meu lado ruge, como uma traineira em mar grosso, e no rumor saltam, espaçadas, estridências metálicas de velhice. Distingo a cabeça de um militar, toucada de couro, a sair da torre, como nos automóveis de brinquedo de outros tempos.

Vejo pelo retrovisor a coluna que lá vem, a arrastar-se, soturna e pesada, por centenas de metros, aliviado por me sentir, finalmente, livre do estorvo. Aquilo tem todo o ar de serem reforços para a Guiné, de situação militar cada vez mais enchavelhada.

Enfim, a auto-estrada, prego no fundo, a rampa rabugenta da Vialonga, o cheiro pestilento do Trancão, eis Lisboa. São quase cinco horas, preciso de dormir nem que seja por um bocado. Sigo, impacientando-me de semáforo em semáforo, pelo Pote de Água, pela Cidade Universitária, pela 28 de Maio até Benfica. Os acontecimentos de há pouco parecem-me distantes e fúteis. Quantas semanas vivi eu em 24 horas?

Enganadores, estes efeitos do tempo. Parecia-me ele ontem de um pesadume lerdo, opaco, girando, penoso, como uma descomunal roda de azenha, coberta de podridões e bolores, a poder de negras águas preguiçosas. Agora esvaiu-se num descontínuo espaço alegrete de insignificantes episódios idos, deslassados uns dos outros, a distanciarem-se, a dissiparem-se ao vento, já meio enublados. Foi-se num rufo o que ia demorar uma eternidade a acontecer. Faltam só duas horas e meia para eu desabafar, pedir ajuda e combinar o meu passadio.

Monsanto, Montes Claros, tranquila selva doméstica, confusão de caminhos florestais. Não consigo decifrar a letra miúda da sinalização de cimento, exígua, toada de musgo. Acabo por estacionar, ao calhas, debaixo de árvores, ligo o aquecimento do carro, vou cabeceando, entre retalhos rápidos de sono, sobressaltados pela consulta do relógio.

Afeiçoam-se-me os olhos à escuridão e começo a distinguir o recorte das folhagens. Eucaliptos. Mas não são os meus olhos que se adaptam, é a manhã a clarear e a escuridão a impregnar-se, lentamente, de luz. Branqueia-se a pele estriada das árvores. Um repique, brusco, e de súbito todo o espaço se cruza de um pontilhado de chilreios que domina alegremente os ares. Estamos quase na hora, agora não posso distrair-me. Bate a porta dum automóvel, seca, mesmo ao perto. Um *Peugeot* vermelho estacionou na estrada, a poucos metros de mim, e dele saiu uma mulher a correr desajeitadamente sobre os saltos altos. Abre-se a outra porta e um tipo de casaco de xadrez vai-lhe no encalço, caminhando de mãos nos bolsos, muito tranquilamente. A mulher, jovem, de blusa azul decotada e mini-saia preta, encosta-se a uma árvore, tira um sapato e toma a calçá-lo. O fulano está agora perto dela e levanta a mão, numa ameaça. A mulher encolhe-se, protege a cara. O homem baixa o braço e acende um cigarro. Reconheço-o, num baque. É o pide que, ontem à tarde, fazia os cem passos em frente da sede, na António Maria Cardoso. Instintivamente, encolho-me, deixo-me escorregar pelo estofo de napa. Quando volto a olhar, a medo, o homem e a rapariga vêm abraçados, aos segredos, e entram no carro vermelho. Portas, ruído do motor, o carro despede em grande aceleração por entre as folhagens e desaparece na curva. O mundo é pequeno. Não fui visto. O perigo passou, para já.

Não tarda que eu venha deixar o carro no Caramão da Ajuda. Tenho o fato amarrotado, o cabelo desgrenhado, a barba por fazer. Vejo-me ao retrovisor: um vagabundo de pedir. Retardo a minha saída do automóvel até às seis e cinquenta. Estou apreensivo e ao mesmo tempo alegre. Daqui a dez minutos, alguém me estenderá a rede da salvação: «Vamos resolver, amigo.» Saio do carro e dobro o casaco no braço, para cumprir a tola indicação da credencial. E lá vou, meio dobrado de frio.

Ao contrário do que esperava, a cabina telefónica tem um magote de gente à volta. Dentro dos vidros, um jovem atarda-se a conversar, deliciado, um braço abandonado a serpear pelo vidro acima. Há protestos, vozearia, e só quando eles acalmam me aproximo, flanando, com um casaco displicente a pender do braço direito. Faço de conta de que aguardo a minha vez de telefonar. Nenhum dos circunstantes me parece ser quem espero. Badalam as sete horas numa igreja qualquer. Confirmo, discretamente, no meu relógio. Chega a minha vez na bicha do telefone. Dou passagem, afasto-me uns metros. Observo com atenção os transeuntes. Um deles, de fato e pasta, poderá ser o meu contacto. Quando ele se aproxima, quase sorrio. Mas aquele olhar não me é dirigido. O homem cumprimenta um dos do grupo junto à cabina telefónica e seguem os dois, lado a lado. E, nisto, sete e cinco. Pronto! Encontro falhado.

Dou uma volta ao bairro de casinhas geminadas, todas iguais, e vou parando, obrigando-me a fixar ínfimos pormenores, a acariciar um cão, a apreciar um Santo António de azulejo, porque o tempo reincidiu a desacelerar e a marcar minutos infindáveis.

É já sem esperança que retorno, enfim, à cabina telefónica, agora com menos gente. Passeio, de casaco na mão, faço as sete e trinta e cinco, as sete e quarenta. Ninguém. O meu contacto faltou. Não há lugar para dúvidas: o dia, a hora, o local, tudo era claro, inequívoco. Quinta-feira, 25 de Abril, às sete da manhã, junto à cabina telefónica do Caramão da Ajuda. A de cima. Nada mais tenho a fazer aqui.

Outra vez, pela minha frente, surge ameaçadora a espessura carregada do tempo. Visto o casaco e encabisbaixo-me vagaroso para o automóvel.

Tudo falha, tudo corre mal. Agora, que farei de mim?

OBRAS DE MÁRIO DE CARVALHO

Contos da Sétima Esfera (contos), 1981

Casos do Beco das Sardinheiras (contos), 1982

O Livro Grande de Tebas, Navio e Mariana (romance), 1982
Prémio Cidade de Lisboa

A Inaudita Guerra da Avenida Gago Coutinho (contos), 1983

Fabulário (contos), 1984

Contos Soltos (contos), 1986

A Paixão do Conde de Fróis (romance), 1986
Prémio Dom Diniz

E se Tivesse a Bondade de Me Dizer porquê? (folhetim),
em colaboração com Clara Pinto Correia, 1986

Os Alferes (contos), 1989

Quatrocentos Mil Sestércios
seguido de **O Conde Jano** (novelas), 1991
Grande Prémio de Conto Camilo Castelo Branco

Água em Pena de Pato (teatro), 1991

Um Deus Passeando pela Brisa da Tarde (romance), 1994
Prémio de Romance e Novela da APE/IPLB
Prémio Fernando Namora, Prémio Pégaso de Literatura
Prémio Literário Giuseppe Acerbi

Era Bom que Trocássemos Umas Ideias sobre o Assunto (romance), 1995

Apuros de Um Pessimista em Fuga (novela), 1999

Se Perguntarem por Mim, não Estou
seguido de *Haja Harmonia* (teatro), 1999
Grande Prémio APE (teatro)

Contos Vagabundos (contos), 2000

Fantasia para Dois Coronéis e Uma Piscina (romance), 2003
Prémio PEN Clube Português Ficção
Grande Prémio de Literatura ITF/DST

O Homem que Engoliu a Lua (infanto-juvenil), 2003

A Sala Magenta, 2008
Prémio Fernando Namora,
Prémio Vergílio Ferreira (pelo conjunto da obra)

A Arte de Morrer Longe (romance), 2010

O Homem do Turbante Verde (contos), 2011

Quando o Diabo Reza (romance), 2011

Não Há Vozes não Há Prantos (teatro), 2012

O Varandim seguido de ***Ocaso em Carvangel*** (novelas), 2012

A Liberdade de Pátio (contos), 2013
Grande Prémio de Conto Camilo Castelo Branco

Quem Disser o Contrário É Porque Tem Razão (ensaio), 2014

OBRAS DE MÁRIO DE CARVALHO

Contos da Sétima Esfera (contos), 1981

Casos do Beco das Sardinheiras (contos), 1982

O Livro Grande de Tebas, Navio e Mariana (romance), 1982
Prémio Cidade de Lisboa

A Inaudita Guerra da Avenida Gago Coutinho (contos), 1983

Fabulário (contos), 1984

Contos Soltos (contos), 1986

A Paixão do Conde de Fróis (romance), 1986
Prémio Dom Diniz

E se Tivesse a Bondade de Me Dizer porquê? (folhetim),
em colaboração com Clara Pinto Correia, 1986

Os Alferes (contos), 1989

Quatrocentos Mil Sestércios
seguido de ***O Conde Jano*** (novelas), 1991
Grande Prémio de Conto Camilo Castelo Branco

Água em Pena de Pato (teatro), 1991

Um Deus Passeando pela Brisa da Tarde (romance), 1994
Prémio de Romance e Novela da APE/IPLB
Prémio Fernando Namora, Prémio Pégaso de Literatura
Prémio Literário Giuseppe Acerbi

Era Bom que Trocássemos Umas Ideias sobre o Assunto (romance), 1995

Apuros de Um Pessimista em Fuga (novela), 1999

Se Perguntarem por Mim, não Estou
seguido de *Haja Harmonia* (teatro), 1999
Grande Prémio APE (teatro)

Contos Vagabundos (contos), 2000

Fantasia para Dois Coronéis e Uma Piscina (romance), 2003
Prémio PEN Clube Português Ficção
Grande Prémio de Literatura ITF/DST

O Homem que Engoliu a Lua (infanto-juvenil), 2003

A Sala Magenta, 2008
Prémio Fernando Namora,
Prémio Vergílio Ferreira (pelo conjunto da obra)

A Arte de Morrer Longe (romance), 2010

O Homem do Turbante Verde (contos), 2011

Quando o Diabo Reza (romance), 2011

Não Há Vozes não Há Prantos (teatro), 2012

O Varandim seguido de ***Ocaso em Carvangel*** (novelas), 2012

A Liberdade de Pátio (contos), 2013
Grande Prémio de Conto Camilo Castelo Branco

Quem Disser o Contrário É Porque Tem Razão (ensaio), 2014